Masque
假面

毫无骄傲，毫无尊严，看不见未来的时候，
人才会特别留恋过去。不停地驻足回望，
一遍又一遍的重新感受逝去的美好。

Masque
假面

梦境里只有一个主角，就是你，也只有一个配角，是放不下你的我。不想醒来，因为没有誓言，没有保证，无力回天。

## Masque 假面

明明是一见钟情，却记错了第一次见面对方的模样，
从哪里开始才是爱的起点？
明明早已分手，却无时无刻不在惦念着对方的近况，
到哪里截止才是爱的终点？

长大后我们约定俗成不再谈论爱情，
可是……喜欢一个人就是无法不天真。
如此的匪夷所思。

Masque
假面

# 侧面

夏茗悠 著

CNS PUBLISHING & MEDIA
湖南文艺出版社
HUNAN LITERATURE AND ART PUBLISHING HOUSE
博集天卷
CS-BOOKY

青春，

如同一场盛大而华丽的戏，

我们有着不同的假面，扮演着不同的角色，

演绎着不同的经历，却有着相同的悲哀。

# 目 录

contents

十年的跨度，
足以使两个人的关系走过一个轮回，
从陌生人到情侣，
再到普通朋友。

[一]

每个周末，你总能看见一些女性，她们在暴雨天望眼欲穿地搜寻出租车，她们在拥挤的地铁里顽强地刷睫毛膏补妆，她们在黄色拥堵的高架上从车窗里探出一张张焦急的脸……是的，她们在下班高峰时逆流而动，大无畏地赶往市中心参加聚会。

十年前她们也常聚会，但与当年放学后因不愿与闺蜜立即道别而在甜品店随意逗留不同，如今她们从班级里最受男生喜欢的女孩变成外企HR，从升旗仪式上代表班级发言的女孩变成银行职员，从偷偷溜上宿舍天台看流星的女孩变成猎头顾问，从带领同学弹劾老师的班委变成投行精算师，在这些成长过程中，她们学会了掩饰伪装、甄别谎言和评头论足。因此她们知道，如果缺席了闺蜜聚会，后果将会非常可怕。

[二]

王旗已经站在公司楼下等了半小时，别说空车，连载了客的出租车也没见一辆。虽然和目的地相距不远，但目的地正好处于两站地铁之间，下地铁后的步行距离用高跟鞋去丈量还是觉得有点远。可是目前看来，这个时间在这个地段打车更是不可能完成的任务。

她回到公司大厅吹了会儿空调，拿出手机在微信群发了条消息："打不到车，有人路过淮海路新天地这块儿吗？"

尹铭翔很快回复："我堵在南北高架威海路口了。"

幸好李禾多及时伸出援手："那我让我男友改道吧，我们在瑞金二路。"

由于改道接了王旗，禾多一行反而最晚到店，男友在店门口领了停车卡先去停车，禾多带王旗进门，自报"李小姐订的位"，被店员领了进去，陈萱、尹铭翔和夏秋已经点了茶水坐着聊天。

"你男朋友呢？"

"去停车了。"禾多往夏秋身边坐过去。

为了避免被压住裙子，夏秋站起身整理了一下裙摆。她穿一件小尖领的白裙，包臀的长度，但腰侧垂下很长的白纱裙摆，看起来又有点像长裙。

王旗一边在夏秋对面找位子坐下一边说："你今天怎么穿得这么女神？"

夏秋抬眼看见王旗身上的裸色蕾丝上衣，笑起来："我本来是想穿一条像你这样的粉色裙子，可我妈不让，说太透了。"

"这哪儿透？我里面还穿了打底衫。"

"我那件里面本身有衬裙，我也觉得不透。"

"你妈太保守了。"

陈萱插话进来："不过穿成像我和王旗这样的在公司也算异类了。我们同事还经常说我太敢穿，我只是穿了裙子而已。"

王旗马上点头附和："对对对，我也是异类，她们都完全不打扮。"

"怎么可能？外企女白领不都应该穿精致套装拎小香包的吗？"

"才没有。其实根本没时间打扮，而且打扮了也没人看，工作时间里可能忙得连抬头的机会都没有。真正可能打扮的，应该是高层吧，她们也有经济实力去打扮。"

"可你都算异类了，应该在公司很出众，怎么不好找男朋友？"夏秋问王旗。

"她太挑了啊！"禾多在旁边惊呼，"追她的人很多很多的。"

"我一点都不挑，我很想找男朋友好吗？但是找不到啊。"

"前男友找了别人？"

"没有啊。他还蛮想复合的。"

"那干吗不跟他复合？我觉得他蛮好的。"

"我也觉得他很好，对你特别好。"

"可是他是处女座，处女座和射手座怎么可能在一起？"

"哪有人会真的因为星座不合而分手……"夏秋哭笑不得。

“不是因为星座分手，而是他有处女座的特点，特别爱管人。”

而王旗的最大特点是爱玩，从十五岁到二十五岁一点没变。她是哪怕感冒发烧到38.5度，只要接到邀请，仍会赶场去K歌的人。

高中时和王旗关系最好的是夏秋。王旗家在崇明，离学校很远，那时候大桥还没建好，她回家得坐渡船，所以有时周末懒得回家就住夏秋家，和夏秋挤一张床。但即便是如此亲近的闺蜜，夏秋也不太能明白王旗为什么那么受男生们欢迎，她不是最漂亮的女生，也不是最活跃的女生，同样不是最风趣、最可爱、最能干的女生。

几乎每个班都会有这样一个女生，男生们对她的迷恋像传染病一样蔓延，看着像跟风，可个个都显得至死不渝。

王旗长得不像全智贤，可全智贤有张照片拍得走样，和王旗相像了起来，男生们偏要把这张最不像全智贤的海报贴在寝室里，声称全智贤是自己的偶像。

王旗的魅力还不止如此。她在校外有个男友，在校内还有个男友，却一点也不影响她的人气。即使时隔十年，班里男同学聚在一起喝酒把其中一个灌醉了，逼问他喜欢王旗还是他前女友——

“如果非要选一个的话，王旗。”男生红着脸的样子和十年前一样。

可就是这样一位“那些年我们一起追的女孩”，实际却并不像表面看起来那么无忧无虑。没有人比李禾多更了解王旗的秘密。虽然李禾多在高一时还曾经为了“谁是和夏秋最要好的闺蜜”和王旗在楼梯上大庭广众吵了一架，但后来她发现，王旗是个比夏秋有趣十倍的朋友。

大二那年有一天，李禾多和前男友一起逛商场，无意间发现有个熟悉的身影略像王旗，因为对方身边也有男伴、且肢体动作幅度十分大，疑似正在吵架，她并没有马上上前与朋友相认。等到对方的男伴拂袖而去，而女生上前拽他却被甩开之后，李禾多看见了她转过来的脸泪流满面。

于是李禾多几乎立刻就明白了，王旗并不是不重感情，只是太重视其中一份感情，并不是不在乎所有人，只是太在乎某个人。

当她坐在餐桌对面看着王旗用手撑着下颌看似认真地说“你们给我介绍男朋友啊”的时候，她深谙王旗是在说笑。

但夏秋永远都听不懂玩笑：“那什么星座是和射手座绝配的？”

王旗翻着眼睛想了想：“白羊和狮子。可是我不认识什么白羊座的人，狮子座……唔……我认识的所有狮子座不是你前男友就是禾多的前男友。”

“让我想想我还认不认识别的狮子座。”

夏秋话未说完，就被李禾多用胳膊肘捅了一下。

“你还真的要给她介绍啊！”

“对呀。”

李禾多抚了抚自己的额头，吁了口气，严肃地对王旗说：“别逗她，她什么话都会当真的。”

王旗决定换个话题，转头问陈萱：“对了，你婚礼准备得怎么样了？”

陈萱深吸一口气，目光落在夏秋身上，因为她觉得自己现在急需一个什么话都当真的听众，但凡出现一点质疑她都不知道该如何自圆其说。

“我们不结婚了。”

四下安静了两秒，夏秋见女主角的视线指向自己，于是点点头：“结婚是挺烦挺累的，以后我结婚也不想办婚礼，如果能旅行结婚就好了。”

“我是说不结婚，你们不知道‘不结婚’是什么意思吗？我们不结婚了，”陈萱一字一顿地说，“我们分手了。”

[三]

事实上只有夏秋一个人没在第一时间听懂“不结婚”的意思，大家只是太过震惊以至于暂时失语。李禾多回过神追问道：“为什么？”

是啊，为什么交往五年，都快成为亲人了，最终却会分手？

陈萱自己也理不清为什么。

“我不能跟他去深圳生活，他父母也不让他跟我到上海来。之前他过来陪了我一年，他父母已经气坏了。他是客家人，而且是家里的长子，他父母一直不喜欢上海女孩，更希望他找一个广东女孩，至少生三个孩子，还必须要有男孩。我爸妈一听生三个孩子什么的就非常生气，也不同意我嫁他，我爸妈说，供我读牛津不是为了去给人当家庭主妇的。”

陈萱语无伦次地说完，不确定是否能让大家信服。她生怕有人问出和她自己心里一样的问题："从认识的第一天就知道他是客家人，为什么分手在五年之后？"

幸好尹铭翔身为男生没那么复杂的心思，不懂深究，立刻就帮她把话题转移到对客家人的控诉上了："客家人不能嫁，我认识的客家人都是家里生一大堆，重男轻女，他们那边一点都不尊重妇女，现在这种年代了，吃饭时女的竟然连上桌的资格都没有。"

陈萱配合地点点头："是啊，就是这样。他跟我说分手是为了让我幸福，不想我受委屈。"

一般而言，太冠冕堂皇的话，王旗和李禾多是习惯性只信一半的。可是这次连夏秋也没能照单全收，她没有接话，没有反驳任何事，只是若有所思地看着对面的陈萱。虽然夏秋是标准的上海生、上海长的上海姑娘，但谁也不知道同时她又是客家人，她爸爸是更加标准的客家人。

夏秋自然比在场的任何人都了解那些客家人的规矩，可规矩说到底是人定的。

夏家不是没有挑剔的婆婆和难缠的小姑，可是爸爸在新婚第三天就摔了杯子撂了狠话："这是我媳妇，也就是我的家人。除了我妈，谁敢让我家人难堪，谁以后就永远别进我家门。"诚然，奶奶是被赐予了"特权"，可又有哪个年迈的母亲敢在这样的狠话面前故意试探儿子的底线呢？

即使过春节时整个家族几十号人聚在一起，爸爸身为当家主事的，也从不让家里的女人进厨房忙碌。男人过年庆祝，为什么女人就要辛苦？所以每年春节都花钱外请了厨师。

爸爸没说过分手是为了让妈妈幸福，因为他知道怎样才能让她最幸福。

陈萱自己并不相信这样的分手理由，可是她找不出别的理由。如果缺少一个理由，她就会变得惶恐不安，而她迄今为止，已经变了太多。

进高中第一天，陈萱和一个男生吵架，吵着吵着出其不意就抓住对方胳膊咬了一口，又快又准又狠。这个身高一米五五的小个子女生经常能把人吓得跳起来，大部分的时间她喜欢像东北人那样盘腿坐在座位上，十分独特。她曾经无拘无束、无法无天，只有她能胜任劳动委员，因为只有她会把偷奸耍滑不干活的男生打到跪地求饶。更多的时候她不需要动用武力，在那之前就已经用伶牙俐齿战胜了对手。从来没有人指责她过于凶猛，因为她的长相过于萌。

如果你长得像精灵般的维吾尔族小姑娘，那么你打几个人都不会被讨厌。

这个世界的残酷就在于，公认性格最好的李禾多由于相貌平凡，每一任男友都是自己辛苦追来的；可是打遍天下无敌手的陈萱却分别创下了这个班的两个纪录——“第一个谈恋爱”和“与全班最帅的男生谈恋爱”，而陈萱高二就去了英国。

上大学后有几个女生家境变得好起来，但在上高中时，班里真正称得上白富美的女生只有陈萱一个，她高中之前读的是贵族学校，大学读的是学校中的贵族，如果不是看她分享的照片，大家都不知道牛津大学长什么样。照片里的她灵气十足，两根细长的小辫子留到腰，听说只会用描点画图法解函数题的外国同学在她面前都碎成了学力为零的渣。

大学毕业后她从英国回到上海，做了投行精算师，已经和现在的男友在交往，准备嫁入豪门。她一直都在其他女生仰望的高度，没有人知道那个高度上有些什么，是什么改变了她。

全班同学大聚会时做游戏，输的人要被搞个恶作剧，轮到陈萱输了，被抢了电话，让男生打给她男朋友故意惹对方吃醋。前面几个输的人被笑闹过都无碍，只有陈萱被抢走电话时脸色都变了，太明显的着急失态，大家见她这样并不敢闹得太厉害，男生只说了两句，很快就把手机还给了她，可她竟然神色凝重地在一旁继续打了近半小时的电话反复向男友解释。

从前那个无拘无束、无法无天的小姑娘不见了。她曾经被全班宠着，所以全班都认为全世界就该宠着她，我们的小姑娘根本不需要对任何人解释。

从分手这件事看来，陈萱一点也不擅长解释。现实是只有喜欢她的这些人宠着她，他们听着她支离破碎、逻辑混乱的前因后果就心软了，他们决定找个靶子猛烈攻击，好让小姑娘觉得自己没那么悲惨。

所以众所周知，缺席的人下场总是非常可怕。

王旗觉得，到了这个环节，赫连瑛差不多可以出场了。她问禾多：“欸，你今天怎么不叫上赫连？”

“叫了啊，但她要参加S牌的酒会。”

赫连同学，谁让你因为商业酒会放了闺蜜鸽子？

[四]

“为什么我觉得赫连最近越来越高端洋气了？平时看她微博和朋友圈，不是参加酒会，就是在哪里喝下午茶。”这个话题果然引起了陈萱的好奇。

李禾多耸耸肩，一副理所当然的样子：“她们奢侈品行业通常都是约在那些高级场所谈事嘛。”

“她不是猎头吗？怎么又变成奢侈品行业了？”

“她是奢侈品行业的猎头。”

“怪不得！和时尚圈沾边的人果然不太正常。你们看她微博的照片吗？穿着像外围女，表情像非主流。我觉得赫连变化好大。”

禾多和王旗同时大笑起来：“你放心，她绝对不长照片上那样！她和照片上那位完全是两个人！”

“哦对！”夏秋受了启发忽然想起，“上上周我见了她，真的好胖。”

“比上次我们一起见她的时候更胖了吗？”禾多问。

夏秋歪着头回忆了片刻：“更胖了一点。而且皮肤不好，长了好多痘痘。”

“呃，我们上次一起见她的时候她就腿好粗了。”

“什么？”有一段时间没见赫连的王旗惊呼出声，“赫连怎么会腿粗？她的腿不是一直又细又长的吗？”

“真的很粗。”夏秋遗憾地说。

“真的很粗。”禾多遗憾地重复，“她照片一直是选角度和PS的。”

王旗虽然对赫连谈不上特别喜欢，但还是觉得难以置信：“我很长时间没注意她腿了，可我记得高中时她的腿很长很细。”

“粗略估计现在的她体重是高中时的三分之四。”

夏秋点点头：“好在她已经嫁出去了。”

“说到这个，她和她老公简直是毁三观组合第一名，我认识的人里面没有比他们俩更极品的了。”

王旗不甘心在腿的粗细话题上略输一筹，立刻手舞足蹈地表示自己也并不算十分情报不灵：“我知道我知道！我知道她和她老公的故事，她老公婚前脚踩四条船，她是小五上位对不对？”

尹铭翔纠正道：“没那么夸张，只是‘脚踩三条船’‘小四上位’。”

“欸，怎么可能？他们看起来好恩爱。”这对帅哥美女夫妻档看上去那么养眼，关键是赫连的丈夫对赫连温柔又体贴，称得上模范丈夫，至少除他之外，夏秋从没见过一个男生把女孩子喜欢的服装品牌研究得那么透彻、为女朋友买所有衣服，认识他之前，夏秋还以为那种在女朋友生日时为她拼一整面爱心状照片墙的男生只活在电视剧里。

“是的，他们整天都在秀恩爱。所以我一直看不懂她老公这个人，”禾多摇着头一筹莫展，“如果他对赫连是真爱，为什么又脚踩三条船？如果不是真爱能装这么真，那城府该有多深？”

尹铭翔说：“肯定是真爱。他们俩之前分过一次手，后来赫连好像找了个占星师还是什么的，算出来她的真爱在英国，她想来想去英国除了这个前男友没有别的人，所以才去找他复合的。”

听见“占星师”时王旗已经被饮料呛着了。

“你怎么连这么奇葩的事情都知道？”

“赫连自己跟我说的。不过说真的，她在她老公交往过的所有女人中还是算最漂亮的，所以她是真爱很正常。”

“她老公交往过的所有女人你都见过？”

“赫连都给我看过照片，大概是赫连从网上找出来的。”

“天哪！赫连居然有闲去网上搜出他所有女人的照片。”禾多真心佩服赫连令人惊奇的能力。

“她和她老公还有一个私密相册，里面有六七百张他俩的自拍，她也给我密码叫我去看了……”

陈萱不得不打断尹铭翔的话：“所以你就去看了？你到底是在什么心理状态下会去看这种东西啊？”

她指着尹铭翔问夏秋：“你当年怎么会看上脑容量这么小的家伙？”

原本正埋头苦吃的夏秋抬头笑起来：“他当年脑容量没这么小。”

尹铭翔抢回发言权：“当时是赫连跟我说‘我和他又复合了，给你看照片’，然后我才去看的，我哪知道是数以百计的照片？”

“……然、后、你、就、去、看、了，所以你还是奇葩。”陈萱总结道。

禾多淡定地补刀：“而且我发现你才是赫连的闺蜜，你这个卧底。”

男生举双手投降求饶。

“赫连有一点让我特别不能理解，她见人就说自己老公多穷多没钱。她老公的家境可能没她家好，可是也差不到哪儿去吧？好像她老公爸爸是江苏的处级干部，能有多穷？用得着天天挂在嘴上说吗？真那么穷的话，哪来的钱天天给她买礼物？”

“其实赫连家也没有她自己说得那么富。她微博上照片里拍的小别墅其实不是独栋别墅，而是叠加别墅，也并不是她家出钱买的结婚新房，而是她老公家在江苏的房子。”

“她还说她去英国的时候有富二代追她，要送她兰博基尼。真的吗？”尹铭翔问陈萱。

陈萱不会放过任何一个拿他打趣的机会：“她怎么会跟我说？我又不是她闺蜜。她只不过借住在我家几天，我们没有任何交流。

“不过这根本不合逻辑，你不用考虑是真的。有富二代为了追她用兰博基尼送她回家倒还有可能。”

“赫连这个人真的很喜欢夸张。那天她跟我说她和人撞了车，对方骂骂咧咧的，因为撞得比较严重，交警叫来了吊车，她说‘当我被吊在半空的时候，我从车窗里探出头冲他喊，跟我拼后台？要不然我们就来拼一拼’。恕我想象不出赫连描述的那个画面，就算出动吊车，什么时候吊车会允许被吊的车里面还坐着人？而且我们都知道她没有什么后台。”

上大学后有几个女生家境变得好起来，赫连就是其中一个，但也只是“父亲升为部门负责人、家境划分到中产阶级范畴”的程度。在儿时小伙伴面前高调炫富的时候，她怎么能忘记眼前这个人小时候到自己家串门时吃过自己妈妈兴奋地抱回家的临近保质期的打折冰激凌？

赫连的小伙伴完全看不出她和“后台”这个词有什么联系，只记得有一次司机开错路导致陈萱险些赶不上回英国的航班，她匆忙地打了两个电话，最后是以“市政府VIP”身份走的贵宾通道，由机场派专人专车直接送到飞机旁边，也许想象陈萱站在飞机舷梯上冲什么人喊一喊“跟我拼后台”要比想象赫连被吊车吊起来发飙的画面容易得多，虽然陈萱不可能那么神经。

[五]

“我还有个猛料……”禾多刚开了个头又突然打住，用怀疑的目光看向尹铭翔，“等一下，你是赫连的闺蜜，你不能告诉赫连。”

男生立刻竖了三根手指：“我发誓，绝不告诉赫连。”

禾多刚想说，又被夏秋阻止。“他口风不紧，肯定会告诉赫连。他是赫连的闺蜜，可是他都把赫连跟他说的统统告诉我们了。”

“有道理，还是不能说。”禾多点点头。

另两个女生又吵闹起来：“不行，快说，我们要听爆料。”

禾多笃信夏秋，所以任凭尹铭翔怎样发誓赌咒都无济于事，最终他还是被禾多的男友帮忙强行拖离现场，去埋单结账。

随着男生们渐行渐远，禾多的表情变得严肃起来：“赫连和她老公快结婚那段时间，她对她老公非常认真地说‘我们就这样维持表面的关系，你玩你的，我玩我的，互不干涉好了’。她老公忽然慌了神，跑来找我商量该怎么办。”

“她想玩什么？她还想谈恋爱的话就不要那么早结婚啊。”

“她想被包养。”

王旗咳嗽了半分钟，她终于领悟不该在别人爆猛料时随便喝饮料。

“什么情况？有钱的是她，怎么说也应该是她想包养别人。”

“可是赫连觉得这样的‘有钱’不够，她想要‘拥有私人飞机’那种级别的‘有钱’。”

陈萱摇着头表示难以置信：“赫连为什么会变得这么物质？”

“因为她羡慕她圈子里其他白富美，整天游艇、超跑、Bikini party、时装发布会什么的。”

“我不认识那种白富美。”陈萱说。

“我也不认识那种白富美。”夏秋说。

王旗说：“不用问我。”

“好吧，那赫连的圈子有点奇怪。总之她当时是很认真地在考虑找人包养自己。”

“那最后怎么解决的？”

“她老公只有哄她咯，那段时间给她买了很多很多礼物，把她哄得开心了她就打消了那个念头。”

几个人沉默了一会儿，终于有人问：“赫连到底是什么时候开始变得这么物质的？”

“从上大学开始的？”王旗这么猜测，因为赫连大学里的女生们一向以物质、爱攀比闻名，也许赫连就是受了她们影响。

“我觉得她上大学时还好，应该是去英国以后变的。”禾多将视线转向陈萱，很想从她脸上找出关于赫连在英国生活状况的蛛丝马迹。

但陈萱再次表示一无所知：“我真不是她闺蜜。”

无论是谁都不会怀疑，高中时的赫连是她们所认识的最风花雪月的纯情少女。她和没有血缘关系的亲戚中的男孩谈着青梅竹马的恋爱，她的小男友又高又帅又温柔，以至于听了她童话般的描述，大家都以为这男友是她编造的，但后来这个真的很完美的男生和她的每个闺蜜都见过面，大家就有点理解为什么赫连会大半夜的跑上寝室楼天台去看流星雨然后感动得泪流满面了——再没有人比她更像言情小说女主角。

可是这时，陈萱忽然想起高中时的一件小事，女生们一起到陈萱家玩的时候，赫连看见书房的照片中有个与陈萱年龄相仿的男生，便指着问陈萱：“这帅哥是谁啊？”

“嗯？哦，那是我堂哥。”

赫连问的第二个问题让陈萱感到有点意外：“你堂哥家像你家一样有钱吗？”

陈萱很想反问一句“我堂哥家有没有钱关你什么事”，不过觉得没必要，只轻描淡写地回答她：“嗯，比我家更有钱。”

“那你能介绍我认识一下你堂哥吗？”

时隔数年，陈萱依然能回忆起当时赫连那双清澈却狡黠的大眼睛。

如今她忽然有点明白，也许赫连从来都没有变过。而现在她忽然有点好奇，是什么经历导致赫连不屑于掩饰和伪装了。

[六]

每个周末，你总能看见一些女性，她们在饭局之后深夜的路边不经意地重新整理好自己的假面，去变回没心没肺的万人迷或无忧无虑的富家女，装作一如自己最美好的及笄之年那样，她们为了自己而假装，也不仅是为了自己。只有那些不幸的聚会缺席者的假面，会被揭底大会撕得粉碎，但也许她们不在乎，也许她们才是一如既往的人。

十年的跨度，有什么改变不了？

十年的跨度，足以使两个人的关系走过一个轮回，从陌生人到情侣，再到普通朋友。

禾多把王旗和陈萱分别送上出租车，然后回过头问夏秋："要不要帮你拦辆车？"

"不用，我男友开车来接我，应该就快到了。"女生把长发撩向肩后，动作优雅得使人深感柔弱。

虽然禾多很了解柔弱仅仅是她的外在风格，却还是忍不住担心起来："可大晚上的，你一个人站在路边也不安全……"她扭头去征求自己男友的意见，"要不我们陪她等一会儿吧？"

禾多的男友几乎什么都听她的。

尹铭翔接着对禾多说："那我也陪你们等一会儿。反正我得和你男友一起去停车场拿车。”

这一刻，夜晚街道上的车灯宛如一条光的河流，沿着时间的轨迹飞驰而过，夏秋专注地期待着，仔细地观察每辆从远方朝自己开来的车，她的微笑一次又一次在黑暗中浮现，白纱裙摆一次又一次被晚风带起来。

黑色的奥迪车停在她面前，她驾轻就熟地自己打开车门——不是副驾驶而是后排座位。

每个开过车的男人都知道，正常情况下，当男友开车时，女友坐在什么位置；当司机开车时，乘客坐在什么位置。

可是尹铭翔绝对不会记错，夏秋刚才说的是“我男友开车来接我”。

# Masque Chapter 2

现实总是不尽如人意，
他人的生活和我们自己的没有太大区别，
一样波澜起伏，
一样水深火热。

[一]

每个人都喜欢根据刻板印象下定义，大部分时候，真相与结论总是背道而驰。

在自己的车门被熊孩子用钥匙划满不规则花纹之前，你还以为所有儿童都是可爱懂事的；在遇见突然自发躺倒在自己车头前碰瓷的老奶奶之前，你还以为所有老人都是宽厚慈祥的；在被地铁里假孕妇肚子里掉出的硅胶垫吓得目瞪口呆之前，你还以为所有挺着大肚子蹒跚走路的女人都是应该被照顾的……

但见多了这样的特例，你就会渐渐对特例抱有幻想而不再相信惯例，也许潜意识中，你更喜欢遇见一个又一个奇迹，否则生活何来惊喜。

可是当你目送前女友离开，黑色的奥迪车停在她面前，她驾轻就熟地自己打开车门——不是坐到副驾驶而是后排座位。哪怕夜色下你看不清驾驶座里的人的长相，你也能明白他的身份绝不会是男友。

告诉我怎么证明这是个例外?

[二]

糟糕的是，尹铭翔越想相信这是个特例，他就得到越多蛛丝马迹，证明这是个惯例。

他调回上海工作后第一次见夏秋，她就精心打扮，被黑色奥迪接走。加了她微信后大致可以了解她的日常生活是这样的：工作日白天总在逛街购物，晚上总有饭局应酬，双休日总是自称和男友自驾去江浙一带的度假村玩，但她从来只发风景照。李禾多好几次提议大家来聚餐，都是夏秋来不了，她没空，赫连也不愿来，陈萱工作太忙老加班，最后通常都变成了禾多和王旗的闺蜜聚会，偶尔当禾多的男友双休日回上海时，王旗不想独自当电灯泡，会叫上尹铭翔一起。

再见到夏秋是一个月之后。禾多过生日，赫连想展示自己刚入住的别墅，自告奋勇为她办party。这次参加聚会的人是平时的十几倍，大部分女生都穿了礼服裙郑重出席，夏秋穿着简单的连衣裙，像端着自制小饼干去邻居家串门似的出现在大家面前，相对显得随便。尹铭翔看她似乎依然是爽朗大方的高中小女生模样，但很快女生们的对话让他明白自己了解的只是表象罢了。

禾多第一眼看见夏秋就问道："对了夏秋，我想买个爱马仕的包，你是VIP吗？可以帮我订吗？”

“我是找代购的，不是VIP。”

听禾多开口问，尹铭翔已经够惊讶了，他不明白禾多是根据什么判断夏秋会和奢侈品牌有关联，当然更让他震惊的是夏秋并不否认。他难以置信地望向夏秋手里那巴掌大的小包，觉得那好像不是爱马仕。他想不起上次聚会夏秋背的是什么包，但肯定不比夏秋本人更引人注目。

女生们并没有留意尹铭翔脸上的奇怪神色和他故意凑上前来偷听的举动。

“可是代购卖得都很贵，而且真假也分辨不出。”

“你可以让代购接受淘宝支付，收到包以后去专柜请他们保修，或者看二手店愿不愿回收，如果不收你再去淘宝申请退货付款就好了。”

“还是觉得够麻烦的。”

“不然你也可以问问赫连，她八成是VIP，让她帮你订。”还没等禾多来得及撇嘴，夏秋便回头叫来赫连，“赫连，你是爱马仕的VIP吗？帮禾多订个包。”

赫连一副备受困扰的模样：“我不是VIP呢。可奇怪了，我都在恒隆专柜买了五十多万的东西，”她一边说一边故意把自己包柄上缠着的小丝巾转到大家面前，“在香港专柜也买过不少，总消费额不止七八十万吧。还是只能找代购哦，不好意思帮不到你。”

赫连如果说最后一句时语气不那么骄傲，也许禾多不会觉得她是在针对自己。她看着赫连像花蝴蝶似的翩翩飞去别处，气不打一处来："她就是不想帮我。"

夏秋虽然觉得赫连没这么小心眼，但消费额如此之高还订不到包让她着实有些诧异，她拍拍禾多："赫连不会的。我要好的其他专柜的SA之前说如果其他品牌的衣服需要留货，她也能帮我，我帮你问问她有没有办法吧。你要订什么包？"

"黑金Birkin30。"

夏秋避到稍微安静一点的角落去给SA发微信，禾多把双手交叉在胸前对王旗感慨："这么多年了，夏秋还是认不清赫连的真面目啊。"

"不奇怪。"王旗望着夏秋的背影长吁一口气，"赫连她们表面上一向还是敬她三分，不真正被伤害的话，夏秋是不会先与别人为敌的。"

过了一会儿，夏秋高兴地跑回来："SA正好有玩得好的爱马仕专柜小姐妹，她答应帮我去问赫连这是怎么回事了。如果赫连以前是被坑，之后顺利升为VIP就能帮你订了。不过SA说赫连如果只买过包、鞋、丝巾这些也许确实不行，他们的规则是要买很多很多杯子碟子灯具那些没用的配货，达到一定金额才能订到包。她也说其实还是找代购方便一点，代购价高是因为她们也不得不买那些不好卖的配饰。"

王旗听了不以为然地耸耸肩："我只想知道爱马仕这样怎么至今还没倒闭。"

夏秋莞尔一笑："很多人把这当成品位和身份的象征，虽然价格和购买途径各种不合理，但大家还是趋之若鹜。"

“就像赫连这样的，谈业务时不拎个爱马仕，可能会被候选人轻视吧。现在价格这么高都是因为赫连这种人太多了。”禾多作潇洒状耸耸肩，“我只是觉得皮料很好啦。我是真心喜欢各种包。爱马仕我有一个也够了。”

这厢正聊着，夏秋的手机微信提示音响起来，她只看了一眼，眉头就蹙了起来。

“怎么了？”禾多稍稍笑一点，“我跟你说了她是故意不想帮我吧。”

“不是。SA说赫连的名字和手机都查不到消费记录，专柜甚至根本没有她的会员记录。”

“什么意思？”王旗从空气里嗅出了一丝八卦的气息，立即精神焕发。

“要么是赫连被专柜坑了，消费记录都算在别人头上。要么就是她没有消费过。”

禾多笑得深了一些：“那还用想吗？肯定是后者啊。赫连吹牛编瞎话又不是一天两天的习惯。”

“可我想不通，赫连明明买了包买了丝巾。找代购不是很正常吗？干吗骗我们说是在专柜买的。”

禾多得意地抿了一口鸡尾酒：“同样找代购就不能显得比我们这些人高端了啊。”

暂时还想不通这神奇逻辑的夏秋翻了翻白眼，回头凝望赫连——用一种重新审视自己好友的目光。

但夏秋不知道，此时自己也正被别人重新审视着。

[三]

赫连与禾多的面和心不和旷日持久，但这并不是最激烈的主战场。早在高中入校第一天，当王旗拖着行李踏进寝室，比她先到的一个姑娘扫视了一遍她的大包小包，冷不丁哼了一句“乡下人”。

在某些上海小姑娘眼里，崇明是乡下，说不清哪里是乡上。她们扎着马尾辫穿着名牌运动鞋挺直腰杆牵着小狗在周末逛绿地，自认为很洋气，势必要和“乡下人”划清界限。

这个小姑娘名叫唐韵，她和王旗简直是命中注定的对手。

女生的阵营很快就分了出来，王旗和唐韵势不两立。表面看来王旗借着在男生中间的人气似乎在后援团人数方面占了上风，可是王旗寝室里其他女生都属唐韵一派，所以任王旗在外面再风光，在寝室也只能做个灰姑娘。

夏秋却没能及时觉察出这两个女生之间的战火，这倒不怪她观察不够敏锐，每次她去寝室找王旗，总能受到唐韵毫无破绽的盛情款待。

唐韵是个爱憎分明的人，她找不到理由厌恶夏秋，而且并不想因为对王旗的厌恶而迁怒夏秋。无论夏秋想借小说还是卷发棒，她都有求必应。同样的局面也出现在唐韵和李禾多之间，她们虽不常有交集，但至少互不反感。

虽然李禾多和夏秋都知道唐韵与自己最好的闺蜜常略有小摩擦，但她们都认为唐韵不算是坏人，直到一天午休时。

三个女生闲逛到后门花坛前找阴凉处席地而坐，谈及班里女生之间的战争，一贯温和的禾多表现出对争斗的不能理解，王旗用同情的目光看着她欲言又止。

“怎么了？”

王旗垂下眼睑，随手捡了根树枝在地上画起了圈：“你不知道唐韵是个多过分的人。男生们告诉我，她和赫连在背后整天嘲笑你，说你是全班最丑的女生。”

“哈？”禾多瞪圆了眼睛指着自己的鼻尖，“说我？”

惊讶不是因为没有自知之明，而是因为禾多绝对不可能是最丑的，去掉一半错误答案之后她的长相也不会排进倒数。她浓眉大眼、长相有些英气，皮肤是健康的小麦色，和时常相约梳同一个发型的王旗、夏秋不同，和时常交流穿衣搭配心得的唐韵、赫连不同，她没她们那么小女生。因为与自己风格不同就说别人“全班最丑”着实有点过分。

王旗从禾多的眼里看出了她和自己统一战线的决心，也知道夏秋一向疾恶如仇，无论王旗和唐韵的敌对多么激烈，夏秋也只理解为女生间的钩心斗角，触及夏秋底线的是唐韵伤及无辜。

许多年后，王旗才知道自己的话并没有自己想象得那样对夏秋影响深刻。

从超市货架上取下一升装的洗发水放进推车，王旗看了眼身后无动于衷的夏秋：“你不是说洗发水也用完了吗？”

“我头发不是一直爱出油嘛，必须去美容院买特定的那种控油的。”

王旗望着自己的朋友，突然有点出神。

是的，她记得，夏秋从小就是偏油发质，自己也是。曾经一起在寝室水房洗头时不止一次相互倾诉需要每天洗头来保持清爽的烦恼。

如今自己每天朝九晚五，工作时一刻休息也没有，回到家总累得直接睡着，出门前匆匆洗个头，连吹干都来不及。而夏秋用着在美容院买的高级洗发水，穿着剪裁出色的名牌衣裙，全身每一处配饰都透露着出众的品位。

但做了这么多年朋友，彼此的秉性早已深知，即使表面上似乎已变成两个世界的人，夏秋的一双鞋相当于王旗一个月工资，而这样的鞋她每个颜色都买了一双，可是王旗却从未感到两人的友谊因此而改变。

到这个年纪，女生们固然也会攀比，但并不会像男生们那样见面除了聊车房身家便没有其他话题，她们依然和小时候一样能讨论共同喜欢的明星和影视剧、一样热衷于八卦、一样冷嘲热讽拉帮结派。真正能使友谊受挫的绝不是在选择洗发水时无法一致，而是身为朋友选择阵营时态度不够坚决。

所以王旗只是稍稍走神了零点几秒，就又把注意力重新放回了拿洗发水之前的话题：“说起来……你真的不记得了吗？赫连和唐韵以前说过禾多丑，所以她们才不对劲啊。”

“赫连、唐韵说没说过我不知道，可我记得是你和她们闹别扭在先的啊。”

也许说者无心，但听者有意。

一个“我不知道”，一个在嘴角泛起的弧度，全成了疑窦，让王旗心中顿时掀起惊涛骇浪。

她揣测着朋友这个“不知道”只是“不记得”的意思还是在暗讽什么，尽力保持不动声色，咽着口水轻描淡写地纠正着对方的认知：“什么呀！之前我和她们只不过是小打小闹，真正激化矛盾的应该还是禾多那件事吧。你大概没印象了，也难怪，那次篮球赛你是没参加的。”

高中三年，夏秋是校女篮队员，体育课上的篮球教学对她而言是小儿科，因此期末分组进行“友谊赛”时，老师也自然而然将她排除在外，让她在场边计分。就是在夏秋缺席的这场比赛中，班里对立的两派女生将平日暗地滋生的钩心斗角演绎成了明目张胆的大打出手，无论老师怎么吹哨都无法阻止她们以指甲为武器决胜负，篮球赛演变成一场群架，结果当然是两败俱伤，每个女生在下课时都收获了茅草堆般的头发和伤痕累累的胳膊。

夏秋只是个旁观者，但是课后与王旗、李禾多坐在体育馆门口的台阶上看她们处理伤口的事她没忘，同时她也记得受伤没那么严重的唐韵和赫连蓬头垢面地拿着篮球去归还，她们是一路望着自己的方向走过去的，比起仇恨，目光中似乎更多的是无奈，那时候夏秋也没有听见一个声音果断地告诉自己“你必须和她们绝交”。

“嗯。我记得。不过虽然那时候大家打、成、一、片，但现在大家还是打成一片了。这就是所谓的‘相逢一笑泯恩仇’吧。现在想起来还觉得小时候太较真有点可笑呢。”

王旗看着夏秋沉默了十几秒，直到她的笑容在脸上变得僵硬。

“怎么？”

“我们什么时候相逢一笑泯恩仇了？”

“嗯？”

“真不敢相信你连这么明显的对立都看不出来。”

“在我看来只是‘相爱相杀’而已，‘相爱’还摆在前面，又不会像以前那样较真到打架的地步。”

“那只能说明随着年龄的增长，我们的自控能力有所提高。”

“我不理解。既然这么互相讨厌，早就可以‘相忘于江湖’，但你们还不是‘不离不弃’。”

“因为我们属于同一个圈子。就像你和尹铭翔分手了，即使觉得尴尬也不得不见面一样。我们都在这个圈子里，不是因为我们多喜欢对方，而是希望让对方看见自己过得比她更好。”

夏秋把左手中的购物袋换到右手，挑了一个让人相对轻松的话题分支：“我和尹铭翔不是打架分手的，所以我们不怎么尴尬。”

她实在无法无视王旗的处境，抛出几句虚情假意的吹捧。她不知道王旗是怎么做到如此豁达洒脱的，除了王旗本人以外，任谁都不会认为她过得比唐韵更好。

## [四]

相比起唐韵，王旗更讨厌赫连，因为在她眼里，赫连就是个不折不扣的大叛徒。

高中的第一次班会，主题是保护地球家园，班导师希望用新颖有趣的形式使大家受到教育，为了腾出表演环保小品的空地，全班兴师动众将前半个教室的课桌搬去走廊。王旗和夏秋当然不会去扮演造型滑稽的鲸和熊猫，因此顺理成章地搬着座椅挪到后一排的赫连身边。

王旗第一眼就注意到从前一直坐在她身后的这个女生有两条又白又直的大长腿。赫连跷着二郎腿挺直腰杆目不斜视地注视前方。坐在她另一侧的夏秋五官无可挑剔，可气质和赫连相比简直像个男生。从那时起，赫连的“女人味”就给王旗留下了不可磨灭的印象，以至于多年后她比赫连本人还无法面对赫连发福的现实。

女高中生的友谊其实并不复杂，王旗主动示好，赫连很快就与她惺惺相惜。虽然两人的关系从未达到过“相约去厕所”的亲密度，但至少是相处融洽的朋友。然而，女高中生的友谊也有一定法则，最关键的一条就是，不要和朋友的敌人做朋友。正当所有人都认为王旗与赫连关系不错时，赫连选择了唐韵的阵营。

王旗不闻不问不提赫连的名字，装作毫不在意她的去留，久而久之就真的毫不在意了。不过这并不意味着王旗不对赫连的选择依据好奇。明明是朋友，为什么一夜之间突然叛变?

夏秋知道答案，她觉得赫连一定和自己同样崇拜唐韵，不，按照她的行为来判断，她应该比自己更崇拜唐韵。实际上也的确如此，只不过两人崇拜的理由完全不同。

王旗也许至今仍没有发现，在与唐韵较劲时她从一开始就处于劣势，除了两个相对神经大条的女汉子闺蜜，班里其他女孩在选边站的时候必定会有赫连这样的考虑——哪个阵营看起来更高端大气上档次。比起一个在课余凑在一起吃光明冰砖、玩连连看的小团体，她们当然更喜欢那个周末相约喝下午茶、做美甲的小团体。这就是虽然王旗为人直率爽朗，在女生中的人气却远远不如唐韵的主要原因。

赫连为了尽快和唐韵成为闺蜜，甚至买了一条和唐韵家的宠物一样品种的狗——如此，她就可以比其他小跟班似的女生们获得更便利的途径来增进与唐韵的友谊，她们可以一起在绿地遛狗、可以带各自的狗狗去宠物会所美容、可以有更多共同话题……总之没过多久，赫连极尽巴结之能事，终于如愿成为唐韵的闺蜜，之一。

夏秋崇拜的却不是小资姑娘这部分的唐韵，而是呼风唤雨无所不能的女王唐韵。

高一时的运动会，学校规定每个班级走方阵经过观礼台时都要搞点创意，班导师是偏循规蹈矩的人，建议大家画些口号牌放些小气球交差便好，不要弄得太劳师动众，更不要造成安全隐患。

到了开幕式的当天，万事俱备只欠东风，全体班委都焦急地等着送气球来的店员，他比约定的时间晚到一个半小时，有惊无险地赶到后又坐地起价，说自己为了赶时间打车过来，需要在气球总价的基础上再加100元打车费。夏秋管班费，秉着不要误事的原则，二话不说就要掏钱，却被唐韵拦住了。

唐韵把夏秋挡在身后，下巴抬高了五度："我们不管你乘什么交通工具把气球送来，只要求你按时送到。可你现在迟到一个半小时，居然还有脸问我们要打车费？你给我拨通店里电话，我倒要问问你们老板，他以后还要不要做生意了。”

店员原本只是侥幸觉得学生钱好赚，能多要点就多要点，没想到小姑娘口气也厉害得很，怕被老板知道，态度立刻软了不少，一边强调天气热跑这么远的路途不容易，一边把100元车费改成双方均摊：“就50。你看，我送这几十个气球也确实挺辛苦不是？”

面对店员不断擦汗求同情，唐韵毫不动容：“别跟我讨价还价。你辛苦自有辛苦钱赚，我倒要问问老板，他有没有付你工资，凭什么他该付的工资要我们来出？我当初和他谈的是一口价，没有这么些额外的路费杂费，该给的我们会给，不该我们给的算不到我们头上。”

夏秋等一群人在一旁完全插不上嘴，对从容淡定不动怒的唐韵佩服得五体投地。与菜场买菜司空见惯的讨价还价拉锯战不同，唐韵十几岁模样，端的却是三十几岁御姐的架势，不卑不亢，有理说理，掌握着对方的心理节奏，让对方什么空子也钻不成，撒手锏要留到最后。最后，唐韵还是和卖气球的老板通上了电话，不仅车费免谈，连气球钱也给打了九折。

这是夏秋亲眼目睹的一次谈判。

夏秋不在场的成功谈判还有很多次。

学校理发店在唐韵的争取下给这个班的女生集体打八折，给班级话剧演出制作服装道具的商家在唐韵的要求下返工无数次，到了高二，学校食堂在生活保障部部长唐韵的威逼利诱下将菜价降了两次。她聪明能干、步步为营、没有办不成的事。夏秋完全能够想象在那些谈判中，唐韵的女王风范。

在夏秋心目中，做一个女生领袖的条件并不是像王旗那样广受男生们爱慕，而是得有这份担当。她由衷地钦佩唐韵的能力，只可惜碍于闺蜜无法与她做朋友；她从来没有想与唐韵为敌，她与唐韵同属一个圈子的唯一理由是希望能得知唐韵过得很好。

没有人能永远过得很好，哪怕是唐韵。

## [五]

高中三年，唐韵一直有男友，也是大家的同班同学。由于唐韵在夏秋心目中的地位至高无上，以至于每天看见她男友，夏秋都想吹声口哨表示轻蔑，这样的男生怎么配得上女生领袖呢?

他尖嘴猴腮，高度近视，瘦得像豆芽菜，数理化英成绩都不好，整个人气质像古代穷困潦倒不得志的酸秀才。除了一米八几的身高让他走在唐韵身边时稍稍能撑点场面，其余百无一用。有时就连这身高也打了折——他还略微有点驼背。

任凭夏秋怎样腹诽，她的女神还是打定了主意和这废柴在一起。

要不怎么说夏秋晚熟呢。直到高三，她才发觉在“女王蜂”和“雄蜂”的实际相处中，“女王蜂”反而占劣势。

唐韵父母都是外企高管，从小养尊处优，因为发育较早，高中时已给人成熟美艳的感觉，再加上成绩优异为人机灵，深得老师喜欢……可这些都抵不过“酸秀才”是个官二代，高三时家里跟班导师打个招呼就能轻松拿到加分。在这个班级，对“酸秀才”嗤之以鼻的恐怕只有傻乎乎的夏秋。

唐韵极尽所能讨男友欢心，小心翼翼地呵护这来之不易的恋情，却还是无法阻止考上不同大学后男友离她而去。分手后两年同学聚会，男友没出席，唐韵到场了，有点发胖，只穿着普通的T恤、牛仔裤，依然和从前一样梳着高高的马尾，已经不像当年那样在女生中鹤立鸡群。酒过三巡，唐韵承认一直单身的原因是忘不了前男友，场面让王旗都觉得有点心酸。

唐韵是所有同学中唯一家庭在最短时间内遭遇最大变故的人。高考一结束，父母就离婚，各自成家。唐韵在法律上是被判给母亲的，但母亲再婚后很快又生了一对双胞胎，自然再无暇顾及唐韵。同学大聚会这时大概是唐韵一生中的最低谷，家庭破裂、恋情破碎。

大学毕业后，唐韵进入外企，以离奇的速度在公司扶摇直上，不到一年就被提拔为副总级别的主管。没过多久，她调往北京，据说是由于顶头上司对她有好感，她为了躲避潜规则申请去北京跟着女上司工作。故事进行到这里，夏秋对唐韵崇拜得更加五体投地，她自食其力又不畏强权，简直是新时代女神的典范。直到几年后有一天，女生们聊起了唐韵所在的公司。

“上周五实在太有劲了，隔壁公司一个合伙人和包养的女人分手价钱没谈拢，那女的叫面包车带了全家浩浩荡荡来楼下闹事，我们全部跑去围观了。合伙人不敢下楼，让他秘书全权代表去谈判。那女的开价分手费400万，秘书还价到300万，一次性付款。”陈萱边笑边爆八卦。

“……中国好秘书。”

“哈哈，才不是呢。他们公司的人爆料说，分手的原因不是因为被他香港的老婆发现，而是为了讨好他的另一个二奶——竟然就是去谈判的那个秘书。”

“这公司也太乱了吧！”

“一向乱！他们公司的女人基本都是靠身体上位的啊。”

“也不能一概而论吧。我记得唐韵就是这公司的，她可是靠实力的啊。”

夏秋话音未落，闺蜜们都转过头用匪夷所思的目光盯着她。

“怎么了？”

“你居然认为唐韵是靠实力的？一个女的，家里没权没势，23岁做到副总，开兰博基尼，靠实力？夏秋你看多了心灵鸡汤吧！”

“欸，可是……”

没等夏秋想出证据证明唐韵的实力就被禾多打断：“你以为唐韵为什么被调去北京？”

“唐韵和大老板的关系差点被人家老板夫人发现，所以得赶紧弄走。因为之前的不正常提拔，唐韵现在不上不下，根本没法跳槽，跳槽到别的公司铁定得减薪降级。”

夏秋瞠目结舌。

王旗拍了拍她的肩：“世界上没那么多童话。就算有，也轮不到唐韵这样运气奇差的。”

不知为什么，夏秋难过了起来，比自己被潜规则还难过。她无数次早晨醒来刷微信，看见唐韵在两点多发的照片配以文字“终于收工了，做会展真累啊”。不可否认，这是自己认识的所有女孩中最优秀、最努力的，她值得更幸福更成功的回报，本应该是个例外。可这就是她生活的世界，无法超凡脱俗，无法成为童话。

[六]

我们总是对他人的生活充满幻想，希望自己厌恶的人过得比自己悲凉，或者希望自己欣赏的人获得自己无法企及的美满。为此，我们时常会脑补出很多戏剧性的细节或是借口。可惜大部分时候，现实总是不尽如人意，他人的生活和我们自己的没有太大区别，一样波澜起伏，一样水深火热。

夏秋一直很注意避免朋友们对自己误解。她有半面墙柜的爱马仕，但和闺蜜吃饭时从来不带。与最亲密的人相处，夏秋并不需要戴任何面具、贴任何标签。当她拎着看不见logo的手提包出现，闺蜜中没人会当面询问淘宝链接、背后嘲笑土包子没品位。

但夏秋忘了一个人。

情侣这身份会让人误以为足够亲密，却忘了异性之间终归还有些话题没那么聊得来，前男友对你的了解也许还不如住你隔壁的同性邻居。

经过近两个月的观察，尹铭翔依然看不出夏秋有正经工作的迹象，终于忍不住趁夏秋不在场的小聚会时偷偷问禾多：“你跟我说实话，夏秋是不是……高官的情妇？”

“啊？”正忙着点菜的禾多经过五秒才反应过来对面的男生问

了句什么，她扬着眉毛笑着抬起头，“你开什么玩笑！”

可是男生脸上的神情找不出半点开玩笑的蛛丝马迹。又过了好一会儿，禾多才意识到他根本不是在开玩笑。

空气凝固了数秒，她突然感到全身所有血液都涌向了头顶。

李禾多站起身，跨过餐桌，举起手中厚重的菜谱对准尹铭翔的脑袋一顿暴打：“浑蛋！你把夏秋当成什么人了！夏秋是什么人你还不清楚吗？你这个混账王八蛋！”

男生毫无招架之力，餐厅的店员赶紧上前来拉架，在场的朋友们虽不明所以，也急忙投身劝架大军，禾多被大家拖开老远还挣扎着企图用脚踢尹铭翔。场面乱成一锅粥。

而当事人夏秋是半个月之后才听说这场混战的。

那时她笑得有点感伤。

梦境里只有一个主角，
就是你，
也只有一个配角，
是放不下你的我。

[一]

尚未工作时总是对工作充满憧憬。努力学习，考上顶尖的大学，削尖脑袋争取出国和读研的机会，自信满满地去世界五百强企业找到工作，终于成为众人钦羡的精英，却逐渐发现现实不如理想。

顶尖大学的毕业生和普通大学的毕业生都在同一部门工作，领取最低标准的底薪，由于按劳取酬，奖金可能还比不上普通大学的毕业生。

工作三年后、五年后、十年后，就会认识到，百里挑一的升职机会并不能许诺你什么未来。所谓的“精英”不过是小小职员，其实没有任何社会地位，收入却还不如公司楼下卖煎饼的摊贩。

谈何骄傲？谈何尊严？

服务员端上来一盘海瓜子，部门主管大呼：“啊！海鲜来了！放你们年轻人那边吧！”服务员就近搁在尹铭翔眼前，面无表情地说道：“你们的菜上齐了。”

尹铭翔看了一眼那盘海瓜子，往旁边挪了挪，拿着手机站起来欠身说：“我出去接个电话。”

主管微微点了下头，又转过头继续和甲方代表小姑娘打情骂俏去了。

男生出了门，绕过积水沟，在街角转过弯，点起了一根烟。

这个月第几次了？

除了在单位加班到深夜的日子，也没有一天能正常时间下班。部门里只有两个人结婚成家了，其余都是单身，对他们来说，与其回到狭窄的出租屋独自上网还不如待在单位和同事闲聊扯淡。另外两个已成家的，妻子都是其他部门的同行，懒得回家做晚饭，早已习惯了各自加班深夜回家的生活。因此，即使没有可加班的工作，大家也会找借口晚上聚餐，比如，中午午休时打了牌，输的人就做东请客，因为大家经济条件都很一般，所以地点一般就选在便宜的小酒馆。像海瓜子这样没什么吃头的菜总是被点来以“海鲜”的名义撑门面。

部门主管已经没有升职的机会了，事业进入瓶颈，近几次聚会上总是和甲方代表年轻姑娘打得火热，饭局后还常常主动要求送她回家。看来是快要“中年危机”了。

整天和这些被职场击垮的人朝夕相处，尹铭翔见多了沮丧颓废的生活，当他得知夏秋幸运地跳出了这样的工作圈，他发自内心地微笑了起来。

被李禾多揍了之后第二天，尹铭翔就接到王旗打来的电话。

“哈哈哈你怎么会认为夏秋被包养了呢？夏秋像那种人吗？”

夏秋长得漂亮，尹铭翔只是基于这方面的考虑。

“夏秋是做陶瓷的，她现在已经是省级陶瓷大师了。”

“欸，怎么会从事这种工作？”尹铭翔的想象中，做陶瓷什么的，感觉很传统很文艺，夏秋好像一直不是这种气质。

“夏秋的爸爸是陶瓷学院教授，她妈妈在工艺美术馆工作。她干这行不是理所当然的吗？因为她上大学就受父母影响入行，每三年上调一级，从市级高工，到省级高工，做到现在职称就已经到省大师了。”

“哦，我以前只知道她爸是教授，不知道和陶瓷有关系。干她们这行的，都是业余的吗？”

“有专科毕业的，但做得出色的往往反而是业余的呢。反正我挺羡慕夏秋，她每年只要去景德镇工作两个月就有年薪百万了。”

“怎么这么厉害？”

“关键是作品有人买，她的作品很受欢迎，比一般的省高工的作品都有市场，基本上是被视为奢侈品的样子。”

这么说来，夏秋相当于艺术工作者。

“不会失业吗？”

“没有人买就失业了。不过以夏秋在业内的名气，现在已经不大可能失业了。再过两年如果她能顺利评上国家级大师，收入就更高了。”

“那还……不错。不过她为什么非得去景德镇才能开始工作？平时就不行？”

“因为景德镇才有大型的窑啊。你说她要随便画个三平米的瓷板，在上海哪有地方给她烧制成型？”

原来如此。只不过尹铭翔这次回上海，正处于夏秋两次工作之间，所以才误以为她整天无所事事。

尹铭翔替她高兴，劳碌又看不见未来的生活会改变人，而他喜欢她本来的样子。

[二]

王旗望了眼办公楼下堵得水泄不通的马路，叹了口气，重新开启了电脑。隔壁办公室的大姐来归还先前借走的空调遥控器，见她还在忙碌：“哟，今天还加班啊？”

“外面堵车很厉害根本走不了，再加上……”

再加上工作没做完，回家也得在家加班继续工作。近几天空调吹多了有点感冒，头总是昏昏沉沉，万一病情加重在家晕倒了，也没个人知道，在单位至少还有几个和自己一起加班的同事。

大姐没有闲心听这么多真实原因，她其实也并不关心，满脸笑容地做了个“再见”的手势：“别那么辛苦了。年轻人多出去玩玩。”

堵车压根儿不是正当理由，像大姐这样有家有口的人总会排除万难按时下班去和家人团聚，而自己只是没有这种必要。

王旗抽出纸巾擦了擦快掉下来的鼻涕。

手机响了一声，是夏秋发来的短信："禾多和我在你家附近吃日料，你要来吗？"

"我不在家，还在单位加班，你们吃吧。"

"赫连妈妈后天请我们几个喝下午茶，你来吗？"

赫连的妈妈不会在五星级酒店之外的地方请喝下午茶，虽然未必五星级酒店的下午茶就比路边摊好，不过她总觉得小店不卫生。如果要去五星级酒店会面，淘宝衣服是不能穿了，衣服能找出来可是鞋却难找，最近接连下雨，几双鞋都肮脏磨损得自己看不下去了，头发也应该洗洗吹吹，更麻烦的是，赫连和禾多都准备谈婚论嫁了，聚会的话题不由自主就会绕到这里，夏秋也有作为结婚对象交往的男朋友，跟不上话题的人就只剩下自己一个。

"我有点感冒，就不去了。"

王旗放下手机，又抽出一张纸巾，目光掠过镜子时看见自己额头上泛着油光，于是改变了目的，用这张纸巾擦了擦额头。

再仔细看镜子，为什么自己的眼白有点黄？

刚想凑近观察，短信提示音又响了，还是夏秋："啊，要紧吗？要不我们去看你吧！有人照顾你吗？"

这家伙，真是哪壶不开提哪壶！

王旗翻着白眼给她回过去："不用了，不怎么严重，我妈来照顾我了。"

只有像夏秋这样生活安逸不谙世事的人，才能天真到想问什么问什么、想说什么说什么的地步。不对，以夏秋的生活层面而言不应该这么没心没肺，大概也只是因为把自己当死党，所以才说话不过脑吧。

王旗的注意力重新回到自己眼睛上，这次看清了，不是泛黄，好像只是有点红血丝。

劳碌真的能给人一张衰老的脸啊。

别说和夏秋比，就连学生时代容貌远在自己之下的李禾多，现在看起来也比自己光鲜。

她们真是运气好。

而自己的运气，好像早在高考和大学毕业时就用光了。

高中时，李禾多的成绩一直比王旗好，高考时却发挥失常，差两分，没能上第一志愿。而王旗虽然第一志愿比李禾多报得低，但因为顺利考上，结果学校反而比李禾多接档的第二志愿好。

大学毕业时，王旗也顺利找到了大国企正式编制的工作，可是没上多久班，她就觉得生活有点安逸，不刺激。

当时的男友准备去国外读研，王旗不顾父母反对，毅然把好端端的工作辞了，随便申请了一个很一般的国外大学，也跟着出国了。

几乎相当于是抛弃身家去陪读，可是，真是为了爱情吗？

出国的两年，基本都在旅游。毕业后，男友按照一开始的计划回国工作，可王旗却不想回来，即使和男友分手也不愿回国。

如果不找到工作，签证很快就要到期，但由于原本就读的学校就很一般，很难在国外找到工作，王旗又混了几个月，当初和自己同批次出国的同学都已经回国。她一个人住，举目无亲，失去了所有同伴，又找不到工作，终于感到孤独落寞，最后自己灰溜溜地打包回了国。

本科名校毕业，又有留学背景，回国后找份一般的工作不成问题，但再没有当初那么好的运气和机遇了。

王旗就成了现在的王旗。虽然已经回国，却仍是一个人住，由于和父母为了以前的工作吵架决裂，目前也只能过着举目无亲的生活，男友求自己回国时任性地分手拒绝，如今灰溜溜地回来也不好意思再主动联系他，听共同的朋友说他已经听父母安排去相亲了，别人的生活都在一刻不停地向前，只有自己留在原地。闺蜜们问起来，也只能尴尬地硬撑说“他还想复合，我觉得不合适”。

其实自己知道，因为贪玩，自己错过了很多机会。

[三]

睁眼前先闻到了消毒水气味。夏秋和李禾多都在，王旗惊得从病床上坐起来，两个女生立刻跑过来把她按下去。

夏秋查看了一下王旗手背上的针孔，立刻把针头拔了出来，叫来护士：“她刚才动了一下，针头那边鼓起来了。”

护士熟练地又扎了一遍针：“别再乱动了哦。”

禾多安抚道：“你同事看你重感冒以为是高烧晕倒，吓得送你到医院。其实医生说你大概没吃饭，低血糖，吊完这瓶葡萄糖就好了。另外给你开了些抗生素和感冒药，回去让你妈监督你按时吃。”

“我妈？”

“你同事给夏秋打电话之后，夏秋立刻就通知你妈了。”

王旗一时没反应过来，眨了几下眼睛，过了半晌，头皮突然一阵麻："那她现在……"

话音未落，母亲就出现在病房门口，手里捏着一大把零钞外加一个装满药的塑料袋。她看了一眼王旗，没搭理她，转头客气地对夏秋和禾多说："谢谢你们俩来帮忙啦，你们还没吃晚饭吧？先回去吧。这里有我照看。"

"应该的，阿姨。我们还是过会儿再走吧。怕待会儿你们要回家，你一个人扶不住王旗。"

"没事，她爸爸刚下班，马上也会过来。你们快回去吧。哦，还有，吊水的钱是你们付的吧？我把钱给你们。"

"不用了阿姨，没多少钱。"这么一来，两个女生反而逃得更快了，"那我们先去吃饭了。"

别的床位上还有人，病房里不至于一下子安静下来让人尴尬。母女之间没有对话，王旗只是不知该怎么开口。

在国外留学的两年，不是没回过国，却因为出国前和父母吵得太厉害，后来三过家门而不入。男友也是崇明人，带她回家见父母，那次很惊险，在一个地方差点碰见王旗的父母。崇明是个岛，只有这么点大。但当时王旗躲在墙壁后面没有出去和自己父母打招呼。

后来曾看见一则新闻，有个儿子大学遭遇挫折决定退学出家，父母完全不能接受，去寺庙找住持哭闹、称病希望骗儿子回家、甚至不惜自杀来企图唤醒儿子。评论的人有说父母控制欲太强难怪儿子会出家的，有说寺庙未经父母同意收人入寺不符合规范的，有说每个人都有宗教信仰自由不该阻拦的，有说孩子遇到挫折就逃避根本不是一心向佛的。

那时候王旗只想起自己选择出国前那段经历，眼睁睁看着女儿偏离正轨却无法阻止，自己父母绝望的心情大概也正如此。

在爱情中，绝望过的心永远无法修复，那么在亲情中呢？

回家时下了点小雨，父亲在前面开车，母亲和王旗坐在后排，她掏出在医院门口刚买的三个红薯，剥好一个，递给王旗一个。但王旗刚吊过葡萄糖，不饿，便摆了摆手示意不要。

母亲自己吃了一会儿，突然开口了："你要不要搬回家和我们一起住？"

"上班太远了。我一个人住得挺好的。"

母亲沉默片刻，接着说："那你养只狗吧，像禾多家养的那种，毛球一样的。"

王旗微怔，忽然鼻子发酸，迅速把头转向靠自己这侧的车窗。雨水依附着车窗自上而下滑落，穿过了暮霭和尘埃。车窗外潮湿的道路反射着耀眼的流光，不断刺激着人的眼眸。车窗内有一层温暖的水蒸气。

## [四]

和母亲一起做完SPA，本来想在楼下咖啡厅喝杯饮料，可是双休日商业区总是人满为患。赫连只好开着车到两站之外的咖啡连锁店，不过好在这家店有光线充足的露天区域。

喝饮料倒是其次，关键是有母亲陪同的话，就能请母亲帮忙给自己拍可爱的照片。微信里总是手持相机的自拍照未免太千篇一律，偶尔也应该po几张别人拍自己的照片。

赫连摆了好几个姿势，母亲也不厌其烦，这种事果然是丈夫所不能理解的。

用美图秀秀PS好了照片发上了微信朋友圈，赫连心满意足地喝着饮料等待朋友们的赞美。

可是事不遂人意，第一条评论是夏秋发来的——

“你把椅子P弯了。”

什么嘛！怎么会注意到那种细节！

赫连把图片放大仔细看，果然啊，刚才为了把手臂P瘦一点，连身后椅子的线条也被推得扭曲了。

只好回复她：“算你视力好死了！讨厌！”

不过赫连倒不至于为此生气，夏秋这个人没有恶意，她只是从小就一直说话直来直去不加修饰，因为没有心机，其实比一般女生更好相处。看见bug她会直说，看见喜欢的东西她也从不吝惜赞美。

就在昨天，夏秋看赫连po了自家别墅的院子图，立刻在评论中大呼超喜欢建在院子里的玻璃花房。

赫连本想在留言中直接回复她，可输入到一半又删了，还是换成私人消息对她吐槽：“其实玻璃房真是好看不中用啊，你以后绝对要吸取教训不要弄这种东西。夏天热死人，冬天冷死人，晒衣服被子因为不通风又一股霉味，白白占了这么大地方，现在除了在里面自拍已经没有能开发的作用了。”

不在留言中公开说的原因是，不想让李禾多看笑话。

因为都互相加了好友，自己和夏秋在留言中的对话，李禾多也能看见。

赫连几乎能够想象李禾多看见这种吐槽时露出的嘲讽意味的笑容，心里说不定还会想：“你赫连瑛不就喜欢这种金玉其外败絮其中的东西吗？和你风格多搭啊！”

对！她一定会使用这种语气！她就是心怀恶意！

有时候明明一件非常小的小事，也会被她拿出来大做文章。

之前和同事出去应酬时，也想炫耀一下自己的社交圈，赫连忍不住吹了个牛，说自己的闺蜜可是嫁给了某某公司总裁的独子。这位闺蜜是李禾多，那位知名富二代也确实和她交往过很长时间没错，虽然现在已经成了她前男友。

即使有20%的夸张，但还有80%的真实呢！哪里说错了？

可是，听话传话的都是女生，八卦心不容小觑，很不幸，这话传到了李禾多本人的耳朵里，而且，还是在李禾多、李禾多现男友、那位富二代和赫连全在同一个饭局上的场合。

有时候也很佩服李禾多这家伙的手段，居然能让现男友和前男友坐在同一个饭桌上和睦相处。既然这样，听到这样的传闻就应该当个笑话一笑而过啊，为什么突然就变了脸，向自己投来凶狠的目光，赫连一点也想不通。

“这谣言就是你说出去的吧？”

面对迎面而来的质问，赫连吓出了一身冷汗，不禁往座椅里缩了缩，连忙摆着手狡辩道："才不是呢，我才没有说过。而且，我知道你们分手了不是吗？为什么要这么说。在你眼里，我是那种大嘴巴的人吗？"

委屈攻势？

李禾多不吃这套，仍然不依不饶："刚才她不是说了吗？她朋友××跟她说，消息的来源是她大学同学××，那个××，不就是你现在的同事吗？"

圈子太小果然是容易引发灾难啊。

赫连不甘心地继续狡辩："什么啊，她又不是只有我这么一个同事。"

"可是她只有你一个同事认识我吧！"

"这……她也不一定非要是听同事说的啊。哦对了，她通过我认识了唐韵，说不定是唐韵告诉她的。"虽然出卖了唐韵，可当务之急是场面上蒙混过关。赫连在心里向唐韵拜了拜。

"你也说了她是通过你认识唐韵的，应该没多久唐韵就调去了外地，我想她和唐韵应该还没有熟到随便聊关于我的八卦吧！"

在场的男友实在看不下去两个女生撕破脸吵个不可开交，劝禾多："算啦，她们口口相传也有可能出错的，不一定是故意使坏，算了吧。"

当面问出婚事的女生早就被自己引发的战争吓傻了，此时才回过神，站起身对着李禾多作揖："真不好意思啊，一定是我听她们说的时候听错了，真对不起。"

那女孩都这样道歉了，李禾多也不好不给她面子，这才停止“河东狮吼”。

赫连忘性大，已经完全不记得是自己乱传八卦在先，满脑子都是对李禾多的痛恨。为什么要这样小题大做？

想来不久前听说她好像还在吃饭时暴打了尹铭翔一顿。

虽然尹铭翔解释自己被暴打的原因是问了李禾多“夏秋是不是高官情妇”之类欠揍的问题，但是要打也应该是夏秋本人打才比较正常，李禾多瞎起什么劲，根本不关她的事嘛！

这个人平时伪装得慈眉善目，雷区怎么这么奇葩？

看来她就是小心眼，一直在针对自己。

赫连得出了结论。

因为尹铭翔和自己关系更近，所以也受了迁怒。

赫连一点也想不起，自己什么时候得罪过李禾多，唯一的解释应该是，她一直嫉妒着自己吧！一定是这样的。

长相、家境、收入没有一样比得上自己的李禾多一定从很早就开始眼红自己了。

想到这里，赫连把手机摄像头朝向自己当镜子照了照，看着自己的美貌立刻就恢复了平静。

是的，李禾多你一辈子也比不上我。

[五]

“阿——嚏——！”

禾多推开宠物医院的门，不禁打了个喷嚏。季节更替，家里的小狗连续拉了三天肚子。李禾多每天下班后宠物医院也关门了，病情看起来又够不上急诊，拖到周末，反倒是主人自己病得更重了。

兽医走过来接狗，关切地问道：“是狗毛过敏吗？”

“不是的，”女生把怀里的宠物递出去，“只是感冒。”

“最近感冒的狗狗特别多。”

“不，我不是说它，是说我。”女生从包里掏出口罩戴上，“它只是吃坏了地瓜拉肚子。给开点止泻的药吧。”

“拉肚子持续多久了？”

“三四天了。”

“按理说光吃坏东西不至于这么严重，我看还是做个检查排除一下冠状和细小病毒吧。”

禾多犹豫着回望了一眼店外的马路：“那，好吧。”

缴费后回到马路边俯身对着车里男友说：“刚才做了详细检查，没什么大问题。不过医生说它体质有点虚，再加上今天没进食，最好输个液。大概要四五个小时，我看要不我们先回家吧？等输液完了我自己来接它。”

男友说：“还是等它输液吧，主人完全走开了它也害怕，我们先去前面买点外带的饮料？过一会儿再来看看它，也不至于等得无聊。”

禾多点点头上了车，长吁了一口气。

男友原本是怕狗的人，原因好像是他母亲小时候有个小表弟，家里养了只土狗，小男孩不小心踩了狗尾巴，被狗咬了一口，没多久得狂犬病死掉了。所以他们那一带几十年来都不养狗，见到狗就打走，谈狗色变。他从小就受母亲的教育，见到狗就要绕道走。

可是禾多养狗，交往后他不仅克服了从小的恐惧，不避开禾多的狗，而且还帮忙照顾，比禾多自己对小狗还好。

光是在这件事上，禾多就很感激他。

前男友却完全不是这种人，从小就是周围所有人绕着他转，以他为中心，长大后也没能成熟起来，从不懂为别人考虑。在他心中，李禾多和他交往根本就是在高攀。

所以，当禾多提出与他分手时，他反应异常激烈。那段时间，他每天在自己的人人网页面上发牢骚——我家有钱有势，随便一套房都上千万，随便一辆车都上百万，为什么女朋友却会离我而去？那个男的就是个屌丝，为什么女朋友会选择他？打人虽然有错，可是他当着我的面约我女友出去玩，教训他一下不应该吗？

他身边的朋友都知道症结在哪儿，却不好意思说破，只能不痛不痒地感慨几句：说明她是个好女孩，不势利，你服个软给她道个歉一定还能挽回。

可是，他并没有服软道歉。因为他这样大肆宣扬自己的家境，很快就有不少女生主动倒追他，他自信心膨胀，变得玩世不恭，频繁地换着女友，不再惦记着与禾多复合了。

虽然不再惦记着复合，但前男友是个心眼很小的人，对禾多先甩了自己一直耿耿于怀。事后假装大度地说做不成恋人还想继续做朋友，其实只是想经常出现在禾多身边希望能看她笑话罢了，而猪一样的队友赫连瑛还正好给了他这种机会。

吃饭时听见别人说听闻传言禾多已经和自己结婚，前男友的脸上立刻出现了戏谑的笑容："啊哈？我听她说的那个人怎么像是我？我和你结婚了吗？"

一般人一听就知道是误传了，会使用这种羞辱性的问法吗？

他那样的表情和腔调，仿佛在说："原来你表面上装清高，内心还是这么想跟我攀上关系啊！"

而且，还当着禾多现任男友的面。

禾多气得彻底丧失了理智，迁怒于赫连，逮住她大吵一架。这样恼羞成怒的表现实在很失态，前男友肯定更加得意了。

[六]

又过了一周，尹铭翔死缠烂打着打电话发短信给禾多，希望能请她吃饭向她道歉。女生哭笑不得，有什么必要向我道歉？不更应该向当事人夏秋道歉吗？

"不要请我吃饭啦。我这几天要忙着见男友父母，还要见重要客户，几乎都排满了。"

"我理解你对我有意见，可是大家这么多年的朋友，怎么能一出现分歧就避而不见就此疏远呢？"

"任何疏远都是因为小分歧引起的。你和夏秋也交往了那么长时间，为什么突然之间就能分道扬镳？"

电话那头沉默了几秒，才重新响起男生的声音："禾多，你是不是搞错了什么？当时是夏秋非要和我分手的。"

“啊？”

“即使出国读书，我也从没想过和夏秋分手。可是夏秋却说‘对异地恋没有信心’。那时候我对天发誓这辈子一定会对她负责绝不变心，夏秋只给了我四个字——‘我不需要’。”

禾多愣了半晌，继而苦笑起来。原来自己也会被世俗的观点同化。

高中时由于尹铭翔的失误，导致夏秋受到过严重侵害。知道这件事之前，禾多绝不会认为尹铭翔配得上夏秋，得知这件事之后，似乎在认定“尹铭翔应该对夏秋负责”的同时也认定了“夏秋应该由尹铭翔负责”，而忘记了本质上，尹铭翔还是配不上夏秋。

夏秋从18岁就开始以陶瓷艺术为业余爱好，这之后尹铭翔与她交往四年，居然对此一无所知，他又能算得上是个多好的男友呢？

大概潜意识早已认定夏秋离不开自己了吧。

就像前男友认定禾多离不开自己一样。这种自负，往往伤人。偏偏禾多没有意识到这自负的存在，从头至尾只一心一意地把他当作倾心的恋人来交往。

他就开始不断编故事来提醒禾多“你高攀了我”，说什么两人一起逛街时被父亲的朋友看见，于是父母知道了，问过禾多家庭情况后极力反对。他的每句话都在表达“为了你，我正与世界抗争”的优越感。

禾多很傻，不知道这是他的手段，心情经常被弄得很糟，隔三岔五打电话给夏秋哭诉。

那时候夏秋说：“感觉他是在耍你。”

禾多幡然醒悟，终于和前男友分手。但她并没有细想，为什么一向毫无心机的夏秋能一眼看穿？现在看来不是旁观者清，而是同病相怜。尹铭翔和禾多的前男友没有什么区别，都是自视甚高的富二代，以为自己只要继续维持和对方的恋情，就是大慈悲、大怜悯，而对方根本没有选择离开的权利。

当年没有直言揭穿的禾多，在这一刻，毫不犹豫地对尹铭翔说道："她不需要，因为，你配不上她。"

可是，就在她想帅气地挂断电话的瞬间，听见了听筒中传来自嘲意味的男声。

"对啊。"

禾多心里咯噔一下，手上的动作静止了。

"现在看起来我和她好像又回到了最初认识的状态，只有回到原点才让我发现，我有多喜欢她。"

明明是相似的人，遭遇了相似的事，同样是面对曾经的恋人，却做出截然不同的反应。

为什么？

## [七]

毫无骄傲，毫无尊严，看不见未来的时候，人才会特别留恋过去。

不停地驻足回望，一遍又一遍地重新感受逝去的美好。

每天都在关注着那个人，对她的生活好奇，想知道她今天在哪里，明天和谁在一起，陷进一个虚构的梦境，梦境里只有一个主角，就是你，也只有一个配角，是放不下你的我。

不想醒来，因为没有誓言，没有保证，无力回天。

长大后我们无法在现实中天真地谈论爱情。

原本的地平线因为某处
塌陷凹下去一块，
你才会明白，
哪里是不可或缺的。

[一]

每个人都无时无刻不在寻找生活的重心，金钱、权力、事业……

把爱情视为生活重心的人，是最无能的，丧失一切理想后才会沉迷于爱情，陈萱以前一直这么认为。

直到现在她才知道事实并非如此。

原本的地平线因为某处塌陷凹下去一块，你才会明白，哪里是不可或缺的。

同行的男人说："就这家好了。"

陈萱往店内望了一眼，十来平米的开间里挤满了人，不禁蹙了蹙眉："人好像有点多，需要等位。"

周末的商业中心总是人满为患，高档一点的酒店通常不需要等位，越便宜的人越多。

“虽然人多一点，不过这样反而食材比较新鲜。”

陈萱想想觉得他说得也有道理，便跟着领了号，在旁边坐下等位。大约过了四十分钟才被服务生领到餐桌前，点餐后等待的时间倒是不长，陈萱觉得不合口味，拌饭只吃了两口，只把小菜吃了一半。

消费六十多元，对方抢着付账，陈萱也就没有坚持AA。

买完票对方提议：“电影最快也要一小时以后开场，看你刚才好像没吃饱。要不我们先去喝点饮料？”

陈萱笑笑：“嗯，喝点饮料坐着等也好。”

原以为是回到楼下的星巴克和哈根达斯坐坐，没想到对方转身去买了两杯可乐和爆米花桶，还表功似的说道：“我把爆米花也买好了。”

不管怎么说，是人家请客，陈萱还是感激地接过饮料，背倚着直梯旁的栏杆喝起来，就这样穿着高跟鞋站了近一小时。

本来就是空胃，又喝了凉的饮料，看电影时一直胃不舒服，陈萱想着吃点爆米花大概就能好，隔壁的男人却总借取爆米花的机会摸她的手，一两次也不至于让人反感，三番五次这样做性质就从暧昧变成了揩油。

陈萱有点赌气似的一股脑儿将整桶爆米花推到他身上：“你都拿去吧，我不用了。”

隔了数十秒，吃爆米花的声音才重新响起，却比先前更响，有点破罐子破摔的放纵意味。

如果不是父母事先叮嘱，即使看不上对方也要保持涵养，陈萱早就拂袖而去了。

对方似乎也没什么继续交往的意向，好不容易挨到电影结束，连最起码的绅士风度也不顾了，提都没提送陈萱回家，在商业中心的广场上就此分别。

天气早已转凉，陈萱站在马路边等出租车吹了一个多小时冷风，回家就病了。泡了热水澡后一边打着喷嚏一边钻进被窝，母亲跟着进屋，莫名其妙地喜形于色："怎么样？那男孩人好吗？"

"不怎么样，就那样吧。"女生懒得多解释。

"阿姨说对方可是很喜欢你呢，说你长得又漂亮性格又温柔，非常满意。美中不足的是觉得你有点娇气，人家也挺大度的，说'女孩子嘛，娇气点是正常的，结了婚就会成熟起来的'。他应该还会再约你。"

"呵呵，还是免了吧。"

"怎么了啊？你不要太挑剔呀。"

"不是我挑剔，"陈萱惊叹于对方怎么会如此没有自知之明，有点恼了，索性坐起来拒绝到底，"是那个男的也太差劲了。小气得要命，请我吃了个不到一百元的快餐，为此等了四十多分钟，而且难吃得要命，饭都是夹生的。本来可以看前一场电影，结果只能看晚场的，又得等一小时，他也没找个地方让我坐坐，就买了两杯可乐站在门口等着。看电影时还借着拿爆米花不停揩油。又不是高中生谈恋爱，中间人不是说他年薪二十万吗？虽然不富裕但也不至于小气成这个样子。根本就是个猥琐男嘛，谁要再见他。”

“人家……可能是节约吧，并不是什么人的消费观念都像咱们家这样的，你也要换位思考体谅一下别人。上次那个你嫌人家矮，其实你自己也不高，嫌就嫌吧，这回给你找了个够高够帅的，你又嫌人小气。人无完人，哪里去找十全十美的。就连你爸爸也有这样那样的缺点，人也不高，脾气也不算好，年轻时也一穷二白。可是妈妈还不是嫁了他？婚姻就是这样，不能再想着激情澎湃的爱情，差不多就行了。”

牺牲一个又一个双休日的时间，去见一个接一个的极品男，明明自己这么优秀，却要像市场上的白菜一样任人挑选，一旦对方表示出一点兴趣，就连母亲也欣喜若狂。呵，只不过是在谈婚论嫁的年龄和男友分了手，瞬间就贬值到这种地步。

陈萱懒得听那些劝解，连打了几个喷嚏，把头缩进被子里埋了起来。

闭塞的空间里，仅有的氧气，温热地，把人包裹着。

把爱情视为生活重心的人，不是最无能的，把婚姻视为生活重心的人才是。

## [二]

第二天赫连约了一起逛街，虽然陈萱没什么心情，但也得逼自己出门散散心。不能总缩在自己房间里，更不想听妈妈唠叨。因为商业区周末不好停车，赫连没开车，她丈夫林浩开着车把两个女生送到目的地，答应待会儿到了饭点再来接。

本来就心情沉重的陈萱看见这样一对情侣自然是更像一根枯黄的豆芽菜了。赫连想买件冬装大衣，兴冲冲地每个专柜都去试穿，陈萱进了专柜就找沙发坐下，除了唉声叹气就只帮闺蜜参谋哪件合适、哪件不合适，一点想购物的欲望都没有。

几次下来，赫连也觉得有点索然无味了。

“情绪不要那么低落嘛！这完全不是你的问题，而是介绍人的问题……”赫连拿起一件大衣在身前比画着长短，“这件怎么样？”

陈萱歪着头仔细端详后下判断道：“这样看还行，不过领子太大了，你又是长发，可能会显得脖子短。”

赫连把衣架挂回原处：“介绍人本来应该衡量好两家的水平，觉得门当户对了才约来见面。现在这算什么啊？你家资产上亿，也算是中产阶级了吧，可找来的那几个都是些什么人啊？第一个房子在哪儿来着？”

“宝山。”

“宝山的两居室也叫房子？每天回家收到‘浙江移动欢迎您’不觉得害臊吗？”

“哈哈，要收也应该是收到‘江苏移动欢迎您’，你方向感太差啦。”

“意思到了就行啦，路痴这方面我比夏秋可强多了，她连南京西路在黄浦江哪一侧都搞不清呢。”

陈萱温和地笑了笑。

“不过，一个外地人能攒下一套房子也不容易了，娶个本来没什么根基的外地姑娘应该绰绰有余。本地姑娘总会考虑住地离父母那么远，上班也不方便之类的问题。”

赫连又拿起一件：“这件呢？”

“太长了，显不出你腿长的优势。”

女生一边将衣架挂回去一边捡回先前的话题：“那第二个也太矮了，就凭这个身高必须得是地方首富才勉强能配得上你啊。还有昨天这个，年薪二十万也好意思说出来嘚瑟？”

“大概考虑到我现在年薪小十几万，对方比我高一点。”

“对啊，你刚毕业就年薪小十几万了，一个男人三十多岁了才年薪二十万，在上海怎么活得下去？车都没有，房子还是个贷款的，他是指望你来还贷款吗？所以说，介绍人脑子没少进水，没见过这么拎不清的。”

“可能是因为我妈老念叨不想让我再嫁什么豪门，‘富二代不靠谱’‘咱伺候不起’之类的，真是一朝被蛇咬，十年怕井绳。”

“其实富二代有糟的也有好的，凤凰男有好的也有糟的，她就不该走两个极端。逼你随便找个人下嫁了，人家肯定不会感激，还觉得破锅自有破锅盖，没听那些凤凰男得势后甩老婆时都说吗——‘你要能嫁比我更好的早嫁了’。”

“我妈总觉得，她嫁我爸的时候，我爸就穷，可奋斗奋斗也到了今天这个地步。这个模式她觉得挺值得借鉴的。”

“时代不同了。你爸那时候刚改革开放，什么都不规范，除了胆小和蠢死的人都富了，现在哪有这个机遇？再说你爸那时候人多质朴，现在能发家的这些暴发户有几个不抛弃糟糠之妻的？想白手起家同甘共苦？想太美了！”正说着，赫连的手机短信提示音响了，“林浩来接我了，先去吃饭再接着逛吧。”

“真羡慕你和林浩。谈了这么久他还这么爱你，就这样一直到老，多好。”

赫连愣了一下，知道她想起了前男友，放下手中的衣服，走过去摸了摸她的手臂：“我有个朋友，碰到个特别渣特别渣的男友，完全是图她家钱和她在一起，和她交往时不断劈腿，我朋友都睁一只眼闭一只眼原谅了他，最后我朋友回家亲眼看见男友和别的女人在自己床上，终于跟他分手。现在她已经结婚了，她老公对她真的像伺候公主一样，幸福得没边。所以你看，分手不一定是坏事，对糟糕的人快刀斩乱麻，上天会补偿你更好的人，真的，你一定会遇到真正的对的人。”

[三]

真的会遇到对的人吗？

可笑的是，只有那些最终得到幸福的人才能再轻松地谈起被割舍的糟糕的感情，并和朋友分享上天补偿自己的那份喜悦。而另一些最终并没有得到幸福的人，只会一直沉默下去，远走他乡，再无音讯。这就是为什么我们总听朋友，或朋友的朋友说，“我有一个朋友她最终得到了幸福”的故事，却从来没听说过“我有一个朋友她无奈地孤独终老”的故事。

陈萱在前一份感情中失去的最重要的东西，就是自信。无论朋友们再怎样劝解，她也无法再说服自己，前面会有最好的人在等待自己。

就像她不会奢望下班时有人把车停在公司楼下接自己这种梦幻的事。

无论林浩按多久喇叭，她也以为是这个街区最常听见的堵车等待音。

“陈萱！陈——萱！”

女生回过头，先看向公司门口，才注意到不远处那辆眼熟的车。

林浩一只胳膊撑着车门，脸上有无奈的笑容，朝她招招手。

陈萱一头雾水地走回公司门前，往车里望了一眼：“赫连呢？”

“她不在，我有事跟你说，你先上车。”

陈萱诧异得几乎无法迈开脚步。

和林浩是总共只说过不超过十句话的交集，能有什么事？

大概……和赫连有关吧。

## [四]

尹铭翔的目光在店里游走，精致古旧的镜头在玻璃柜中散发着熠熠光辉，在这个瞬间，他的视线突然停滞了。始终跟在身旁的店主注意到他目光的落点，立刻迎上来：“您真是行家里手。一眼就看中这枚刀梅超六，这成色不是我吹牛，整个上海都找不出第二个。我取出来您看看？”

男生许久没有回答，仿佛思维也跟着视线停滞了。

店主有些纳闷，不管三七二十一先把玻璃柜打开再说。这个举动终于惊扰了男生，他猛地回过头望向店外。店主吓了一跳，慌忙地又将玻璃柜门推回去，却再没有吸引住顾客的目光。

尹铭翔合上自己的相机包，留下一句：“改天再看。”便夺门而去。

店主诧异地把玻璃柜门继续推回原位，才发现关键不在里面那枚镜头，而在玻璃反射出来的对面店铺门口的一位姑娘。

姑娘黑色长直发，穿黑色裙子，黑色高跟鞋，手中是黑色的双反，披一件樱色斗篷，是高级西服面料，淡淡的反光使整个成熟保守色系的着装又明艳起来。和刚才从店里飞奔而去的那个长腿高个男孩倒是很配。

啊，追上了。

姑娘抬起头看见男孩，脸上有了微笑。

店主没注意到自己脸上也挂上了微笑，他把柜门锁好，重新戴上老花眼镜，嘴里念叨着：“年轻真好啊。”

[五]

“夏秋！”尹铭翔追得有点气喘。

女生终于在自动扶梯前停住了脚步，回头看见他：“欸？……真巧。”

男生一时说不上话，除了因为气喘，还有别的原因。他总以为夏秋变了，她只是长大了，成熟了而已，怎么能强求一个二十五岁的人还像十五岁一样，可是她明明就还保留着过去的很多习惯，夏秋是个恋旧的人，比任何人都恋旧。

“你现在还喜欢摄影？”

“我带你去我工作室看看？”

“正好想说送你回去呢。我开了车过来，你在门口等我一下，我去地下车库把车开上来。”

尹铭翔取了车，缴了停车费，在夏秋面前停下。女生上了副驾驶座，他微怔一下，习惯性伸手帮她系上安全带，胳膊绕过她的胸前，有个瞬间两人的脸只有几公分的距离。

侧脸很清晰地感受到女生温热的呼吸。

男生没敢抬眼去对视，速战速决系好安全带，启动了车。

“上次聚会时，来接你的是男朋友？”

“是啊。”

“那怎么……我看你好像是坐在后座……”尹铭翔话说了一半就自己想起夏秋的习惯，她喜欢坐在后座抱着前座椅背，把下巴搁在椅背上跟前面的人说话。从前她坐自己的车也总是如此。但从前更多的时候，尹铭翔懒得开车，都是夏秋开车，他坐车。

“没错啊，怎么了？”夏秋转过脸笑着问。

男生长吁了一口气，也笑起来：“没什么。”

在一起时甚至从没有注意过的细节，坐在身边并不是最近的距离。可惜当年那个在自己耳朵边叽叽喳喳的女生再也不会对自己这样了。

[六]

夏秋的工作室有画画的地方，也有辟出来冲印照片的暗房。尹铭翔一张一张翻看着她的作品。夏秋打开冰箱门转身问：“喝点什么？咖啡？”

男生抬起头应道：“行。”继而看见冰箱门上储存的胶卷是熟悉的颜色，“这个胶卷四年前就停产了吧？市面上早没了。”

“我也就剩下这么多了，用一卷少一卷。”女生没太在意，取出鲜奶，随手关上了冰箱门。

尹铭翔不禁有点唏嘘。这是他以前的惯用胶卷，因为拍人像漂亮，他用这种胶卷给夏秋拍过不少照片。

“在烧水，等一会儿。”夏秋擦干手，“我看看你的相机。”

尹铭翔犹豫了一下，还是将相机包打开，取出相机递给她。

“徕卡啊，果然是土豪！”夏秋边开玩笑边把玩起来，用镜头对准尹铭翔：“笑一个。”

尹铭翔刚看向镜头还没来得及做出任何表情，就听见了快门声，笑容是接着才浮现在脸上的。

当年沉迷于胶片摄影的是尹铭翔，夏秋是受了他的影响才开始学着拍照，而现在，在继续使用胶片双反相机的人却是夏秋，尹铭翔却早已换了数码相机。

她用最原始的工艺手绘瓷器，用胶片摄影，自己冲洗，甚至连咖啡都是自打的咖啡豆，不使用速溶咖啡。

再说起谁才是变了的人，让尹铭翔有些惭愧。

他抿一口咖啡，唇齿留香。

“好喝吗？”

“嗯。”

“是无因咖啡，喝不出来吧？”

“嗯？无因的？一般都挺难喝啊。”

“我找了很久才找到这种，还是保留了咖啡的浓香，但下午晚上喝也不会影响睡眠。”夏秋说着把咖啡豆的包装纸袋从吧台抽屉里翻出来，给尹铭翔看。

上大学时，尹铭翔去图书馆找夏秋，总是带着雀巢速溶冲给她喝，无论下午还是晚上，夏秋从没有拒绝喝他的速溶咖啡。

她是一个生活非常细致的人，但不会拒绝别人的好意。

“我倒是对所有咖啡都无感，就算喝普通的咖啡，也不会失眠，反而比平时睡得更快。相比起来还是更喜欢国产的小粒咖啡那个口感。”

“哎呀，我这里囤了好多小粒咖啡，因为我过了中午就不喝，所以正愁不知道要喝到猴年马月，分你一点好了。”夏秋从柜子里拖出整箱的咖啡豆。

“你又喝不掉，干吗囤这么多？”

“我男朋友给我弄的。”

尹铭翔沉默了一会儿：“你们是从什么时候开始交往的？”

“嗯……今年年初吧。”

分手三年，另找人交往也没什么好奇怪。奇怪的倒是尹铭翔自己，分手以后就再没有恋爱的心思，生活的重心完全转移到学业、事业上，身边不是没有过漂亮的、可爱的女生，可是大多都在读书，她们还那么小，什么都不确定，也没想过天长地久。尹铭翔不想再得过且过地混日子，与其谈刻骨铭心的恋爱最终又分手，不如一个人独善其身，不能天长地久的爱情是浪费时间。

但看夏秋的样子，似乎已经和现男友到了谈婚论嫁的程度，所以应该不会有这种顾虑。

“是怎么在一起的呢？”

“他说是一见钟情。”

“哈！一见钟情这件事还是我让你相信的呢。”

“谁说我相信了呢？”

尹铭翔微怔，脸上浮现出讶异的神色。

和夏秋刚交往的时候，还是高中。夏秋问尹铭翔为什么喜欢自己，男生说是一见钟情、很难解释。但是任凭尹铭翔怎么发誓赌咒，夏秋也不信一见钟情。“那你说说你第一次见我时我的模样，如果说对了我就相信。”

第一次见面应该是开学报到那天，夏秋迟到了，是在老师自我介绍十分钟后才匆匆喊着“报告”经过允许进门找空位坐下的。也正因如此，这个漂亮女生第一天就被全班注意到了。

“第一次见面应该是长长的披肩发，白色T恤，短到膝盖上十厘米的超短裙，板鞋。”当时是这么仔细地回忆了。

“可怎么还是不信啊？”男生没辙的语气。

夏秋平静地微笑着：“因为你说错了啊。”

“怎么可能？”男生脸上变成了难以置信的表情。

“你说的只不过是我最常用的打扮而已。开学第一天我是梳着大光明的马尾辫，白色帽衫，深蓝色牛仔裤，跑步鞋。”

尹铭翔蹙着眉，完全回忆不出夏秋这种形象的模样，“你骗我。”

“是真的。我妈说学生就要规规矩矩，重点中学校规很严的，第一天要给老师留下好印象，不要穿什么超短裙也不要披头发，临到出门让我换了牛仔裤梳了马尾辫，因为这样耽误了时间才导致迟到的。结果我一看，什么校规严格啊！全班有一大半女生留披肩发，甚至还有烫鬈发的，所以后来我也该怎样就怎样了。”

尹铭翔无言以对，夏秋一直是他心目中女神一样的存在，过了许久才换上自嘲的笑容：“原来从一开始就记错了啊。”

交往的五六年中夏秋也没想过揭穿这件事，尹铭翔对自己是真心的这点当然毋庸置疑，是怎么开始其实并不重要。她用手抚着自己的额头，心里默默耻笑自己怎么会突然这么幼稚，沉不住气，这下话题没有出路了。

下一秒，她抬起头，见男生终于挺身而出打破尴尬的气氛。

“时间差不多了，走，我送你回家。”

夏秋如释重负地站起身：“我家就在后面小区，走两步就到了，我送你到车子那边吧。”

因为没打算停留多久，尹铭翔就直接把车停在外面马路上，结果就这不到半小时的时间里居然因为违章停车被拖走了。

车子人间蒸发后留下空空荡荡的路口，地面上萧瑟地留着一张领车通知单。

两个人面对这样的场景，愣了几秒没说话，继而都大笑起来。

“你表情太有趣了！”

“人倒霉起来真是喝凉水都塞牙缝啊。”尹铭翔一边笑一边无奈地从地上捡起通知单。

“不是你倒霉，是我忘了提醒你，我们这一带就是这样。他们太想捞外快了，停在这儿两分钟的车，他们都会像抢劫似的叉上就跑。有时候邻居在那边邮局门口停着车，寄个东西，转身车就没了。”

“真是……不管怎么说这可是你的责任。”

夏秋做出投降的手势：“是我的错，我去拿车送你回家，改天请你吃饭。”

女生一边倒退一边笑着说话，没注意人行道上居然有人违章骑自行车，尹铭翔眼疾手快把她拽过来，身后骤然响起尖锐的刹车声，夏秋惊慌地回过头，那辆与自己擦身而过的自行车失去重心倒在行道树边，车主不仅毫不自省还反倒骂骂咧咧了两句。待他扶起车离开，夏秋才回过神意识到刚才自己被迫一头栽进了尹铭翔怀里。

夏秋推着对方胸口，往后退了两步，尴尬地笑起来：“对不起，我太笨了。”

尹铭翔什么也没说，把她重新拉回了怀里，这次是紧紧的拥抱。

爱情，到底是什么？已经无法用理智去裁断。

明明是一见钟情，却记错了第一次见面对方的模样，从哪里开始才是爱的起点？

明明早已分手，却无时无刻不在惦念着对方的近况，到哪里截止才是爱的终点？

一切都混沌不清，也许是因为对她的爱从来没有停止过。

长大后我们约定俗成不再谈论爱情，可是……

喜欢一个人就是无法不天真。

如此的匪夷所思。

刚才因惊吓而紊乱的心律逐渐平静下来，夏秋轻轻推开他，看着他的眼睛确认道："我们已经结束了吧？"

尹铭翔不回答。

夏秋垂下眼睑叹了口气："我不想让你误会什么。"

"你过得好吗？"

夏秋点了点头。

"我打车回去。"男生说着转身走向马路对面，没有回头也没有犹豫，大风将他的风衣随意翻折，疾行的颀长身影被切割成几个狭长的多边形，它们一路互相牵制着向前，几乎能让人听见狼狈的撞击声。

直到他完全走出自己的视线，夏秋也没能动弹。

风过时落叶覆过了她的鞋，女生感到脸上一阵刀割似的疼痛。

口袋里响起短信提示音。夏秋低头看了一眼，是赫连："你在家吗？”

她一边转身往家走去，一边回复：“在家。”

## [七]

赫连家住得离夏秋家不远，夏秋刚换了居家服，就听门铃声。开了门只见赫连一双赫然醒目的黑眼圈，仔细观察后才发现不是真的黑眼圈，而是哭过后眼线脱妆了。

“出什么事了？”夏秋赶紧把她拉进来。

“陈萱和林浩勾搭上了。”

“不可能吧？”夏秋完全不觉得陈萱是会做出抢闺蜜老公这种事的人，“你听谁说的啊？”

“陈萱。”

“……”夏秋更不觉得陈萱是抢了闺蜜老公还当面宣战的人。

“陈萱打电话跟我说林浩向她告白，说对我很失望。”

“那陈萱是什么态度？”

“她觉得林浩脑子有病。”

“……这不算勾搭上了吧？”夏秋想了想，“我也觉得他脑子真有病。”

“反正这朋友是没法做了。我觉得超丢人，因为上周我还在安慰陈萱，‘相亲失败不是你的错，你肯定能遇见对的人’，结果这周就冒出这样的事，你不觉得很讽刺吗？我哪点比不上陈萱了？”

“哪点都比得上陈萱，所以才说林浩脑子有病啊。现在林浩是什么态度？”

“我还没质问他。要是现在质问了，我觉得我肯定一气之下就会跟他分手。”

“怎么？你觉得你还有可能原谅他？”

赫连不说话。过了半晌，她想起什么似的从包里突然掏出手机：“我给他手机设定位了。他说晚上加班，我倒要看看他到底是不是去找陈萱了。”

夏秋仔细考虑了一下，直接质问也许林浩会狡辩，赫连心一软说不定又原谅他，通过这种方法查证说不定更容易得知真相。

“他离开单位了。我就知道他不是真的加班！”赫连又被气哭了。

夏秋起身去帮她拿了纸巾：“他在外面花三花四的，你没发现一点征兆吗？”

“我就知道不对劲。他总是说忙这个忙那个，害我给他打电话听见拨号音就提心吊胆的。如果打电话发短信前还要犹豫是不是会打扰到对方，说明对方已经给人不耐烦的可能性，对吧？我早该发现的。”

“不管怎么说，我觉得陈萱在这件事上做得还算厚道。她没跟林浩暧昧，也没瞒着你，第一时间就告诉你了。做朋友是应该这样啊。”

“我现在不想考虑她。理智地想她是没做错什么，但我就是不能接受，为什么偏偏是她。如果是外面随便一个女人，我根本不会愤怒，反而会觉得如释重负，林浩配不上我，就让他们婊子配狗天长地久去吧。可对方是陈萱我就没法这样想。”

夏秋点点头：“我明白了。我去跟禾多说，这段时间暂时不喊陈萱出来玩了，免得你们不开心。”

赫连擤了鼻涕，瞄了一眼手机：“咦？位置倒是停止变化了，可是不对啊，这不是陈萱家。”

夏秋凑过去看：“唔，陈萱家住卢湾来着。这是……黄浦还是静安吧？会不会是陈萱上班的附近？”

“不是。”

夏秋抬头看向赫连，她的脸色已经陡然铁青。

“你个路痴认不出这是哪儿吗？”赫连咬牙切齿一字一顿道，“这是王旗家。”

她把手机往包里一扔，朝门外冲出去。

夏秋慌忙地找出皮鞋：“赫连，等一下，你等等我。”

“你不许去。”

“嗯？”

赫连在门外转过身：“你去的话只会劝和，我现在听不进你的话，你必须让我揍他一顿我才能冷静，答应我，好好在家待着别掺和好吗？”

夏秋被她的气势慑住了，任她在自己面前关上了家门。

## [八]

把爱情视为生活重心的人，未必是无能的，也可能已经得到了自己想要的一切而看淡了他人趋之若鹜的那些。

有时候地平线并没有任何一处塌陷，看起来异常安稳。

可是你冥冥之中却能感到哪里已经松动。

当被人问过“你过得好吗”之后，就会一遍又一遍向自己反复确认。

赫连说，如果打电话发短信前还要犹豫是不是会打扰到对方，说明对方已经给人不耐烦的可能性。

夏秋不由自主看向了自己安静的手机。

你在看着我的时候，
我并没有看着你；
我在想着你的时候，
你不知道而已。

[一]

喜欢一个人的表达有很多种。

想送她最新鲜的花和最漂亮的衣装；想买最先进的相机给她拍最美的照片；无时无刻不想摸摸她的脸、呼唤她的名字……如果可以，想贪心地多要十年、二十年，永远伴着她没有尽头。

恨一个人的表达却只有一种，恨不得抡起椅子砸他脑袋一百遍。如果有机会，赫连还想录下全过程，每天重复播放一百遍。

“王旗开门！”

赫连气急败坏地捶着门，听见里面有男声响起来，气得连脚也一并用上。

在楼下看见林浩的车已经直接加速朝他车尾撞过去，保险杠掉下来之后又撞了一次，然后堂而皇之地把车停在了后一个车位。

“王旗你给我开门！我知道你在家！你有本事抢男人怎么没本事开门啊！”“在家”之后的话脱口而出，稍稍觉得哪里不对劲，赫连歪着头想了想。

不对，现在不是在意这个的时候。

“王……”

这次连名字都没喊全，门已经被打开在眼前，赫连手悬在半空，再拍下去就是王旗的脸，收回来又觉得气焰被灭了，就这么僵着。

王旗露出疲惫的表情：“在闹什么啊？”

赫连见她毫无气势可言，重新燃起熊熊战火，推开她一口气冲到客厅中央。林浩从沙发前站起来。

赫连反手将手提包砸到他脸上，男生由于重心不稳跌坐回沙发，接着重新站起来，话未出口，又被赫连狠狠扇了一耳光。

“你闭嘴。”赫连瞪着林浩把他吼退缩了，才转过头看向王旗，“你说，你算什么情况？”

“你冷静点好吗？能有什么情况？你自己不把感情问题解决好，林浩天天找我当心灵导师，我还嫌烦呢。”

事态发展有点出乎赫连意料，原来这两人没有什么暧昧关系。

不，准确来说，也许是王旗无意、林浩有情，解决情感问题什么的都是男人找机会接近女人的借口。

或许，王旗也并非完全无意，潜意识她就是喜欢和所有男性都保持一点点暧昧，从小她就这样。她喜欢做男孩的好哥们儿、女汉子，但其实是喜欢做万人迷。

想起了这些，赫连又恢复了理直气壮：“我的感情问题好不好都由我自己处理，轮不到你在别人的老公面前抖机灵。”

“呵呵，”王旗冷笑起来，“别人的老公送给我我还不要呢。究竟是什么样的自信让你能认为我乐意玩你玩剩下的？”

“哈？”赫连还从没见过这么理直气壮的“小三”，简直是火冒三丈，“哈哈哈！说得多高贵冷艳！王旗你现在好像没什么可玩吧！”

林浩生怕话说到这个地步，两个女生会打起来，连忙出面干涉：“赫……”刚出口一个字，又被赫连一耳光扇得愣住了。

赫连毫不愧疚，这家伙拈花惹草招惹了自己两个朋友，两耳光算是轻的。

大概是两个女生伶牙俐齿嘴太毒，彼此都说尽了狠话，也被对方骂得迅速掉血。赫连虽然占理，但逻辑混乱，总是自爆弱点，王旗问心无愧，也不退让。总之最后的局面到底是没打起来，光吵架就把精力消耗光了。

林浩再也没能插上话，但他心里明白，这回可是妥妥地要被甩了。

[二]

甩了别人的赫连洒脱不起来，请假翘班躲到夏秋家哭了一天，看了三天鬼片，朋友圈的人任谁打电话她也不接。

到了第四天，她终于转移了注意力，发现了一点端倪："我说夏秋，你和你男友这么整天不见面不打电话的，没问题吗？"

夏秋叼着比萨盘腿坐回沙发上："我现在主要担心的倒不是这个，而是我就快失业了啊。快失业的人哪有心情谈恋爱？"

赫连"噌"的坐直："怎么会失业？"

"政府换届，打击腐败，奢侈品行业整体低迷，瓷器几乎没订单。你也算半个业内人士吧，怎么一点风声不知道？"

"啊——奢侈品业是低迷，可你那也算奢侈品？"

夏秋忍住了想把剩下的比萨拍她脸上的欲望："当然算了，送艺术品的比送爱马仕的多得多得多得多！"

"我的意思是，你那也算艺术品？"

这人失恋之后嘴怎么能这么贱呢？

夏秋伸腿把她踹倒了。

赫连顺势躺下去："我是失恋人士，你不能揍我。"

"那称霸宇宙的重任就拜托你了。"

没能在口才上赢夏秋，让赫连想起没能在口才上赢王旗的悲惨经历，顿时忧伤得诗意起来："夏秋，你说爱情到底是什么？"

夏秋没注意到她已经转换了情绪："你先告诉我人生是什么？"

赫连没理她，自顾自说下去："你不觉得王旗的状态很奇怪吗？好像也没见她真正爱过谁，只见她很享受被人爱这件事。这么说起来，林浩让她享受到了，她这也算小三吧？"

"我见她真正爱过。"夏秋吃完比萨舔舔手指，也躺倒了，"但是你说得也没错，这就是小三行为，我觉得小三行为的定义是

‘感情世界的后来者损人利己’。所以陈萱反而不算小三。”

“对啊！我就觉得这种异性友谊怪怪的，可又说不出哪里怪，还怕被说小肚鸡肠。”

“你还不小肚鸡肠？陈萱都急死了,她很在乎你的想法，你一天不给人回电对人家来说就多一天煎熬。”

“没脸见人和小肚鸡肠是两码事。”

夏秋看着电视，赫连剥着剩下的一半指甲油。过了好一会儿，赫连问：“哎，假设你是一个女的，被男人背叛了，你会原谅他几次？”

夏秋愣了两秒，砸过去一个抱枕：“你要死了！你还想复合？”

赫连拽过枕头捂着脸：“我没想复合！我就是随便问问！网上有人说能原谅三次呢！”

“一次也别想！而且我本来就是女的！”

夏秋这个人，确实经常会让人忘了她是女的。而对一个男性来说，事业确实比爱情更重要，失业了绝对比失恋打击更大。

赫连躲在枕头后面，不由得忘了自己的事，替她担忧起来。

怎么会失业呢？

王旗前段时间还在羡慕夏秋，说她肯定能是闺蜜几个中最早靠自己买房的，“评上国家级大师就一劳永逸了”，谁知道没过几个月，这话就成了讽刺。谁也没进保险箱，世界上哪里存在一句“幸福地生活到永远”就能概括一生的好事？

这么想想，也就不觉得自己多悲惨了。至少自己失了恋还能再找新男人，夏秋可无法失了业换个单位继续风光。

[三]

无论赫连还是夏秋，有时都还是涉世未深太天真，总是对糟糕的发展预估不足。得知林浩追陈萱就已经觉得天塌了，哪想到后面还有上门捉奸的戏码？行业不景气就以为自己已陷入悲惨世界，如果知道接踵而来的后续发展，真能疯癫得笑起来呢。

周六时赫连终于恢复元气，受同事邀请去参加主题派对。夏秋男友及时出现填补空缺，拖她一起去外地厂里实地考察红木家具。

“红木家具不是老年人喜欢的吗？”夏秋对坐长途车表示了些微不满。

“你以为我父母不喜欢，我们结得成婚？”男友不屑地给她开了车门。夏秋有点愣住，他的语气不像玩笑。

这天是有点阴沉的，一点阳光也没有。车开过跨海大桥，长江口风浪起伏，车载GPS出现了异景。

大概是上次更新的时候，这座桥还没建好，地图上显示这一片还是海。

代表自己方位的红色小箭头无依无靠地飘在海上。

人像在海面浮游。

夏秋依然在后排，因为晕车躺倒了。迷迷糊糊快睡着时男友的手机突然进了电话。因为设置了蓝牙连接，来电在车里直接开了功放。是未来婆婆打进来的。

“你在哪儿啊？好不容易到了周末怎么又没了人影？”

“去看家具的路上。”

“哦。也算做了点正事。不过人家小余周末才有空，你又把人家晾着。你就不会带着她一起去啊？”

“不方便。我在开车，有话回家再说。”

自己儿子一丁点的慌张敷衍都被亲妈听出了蛛丝马迹：“你和那夏秋不会还没分吧？”

夏秋听见自己被点了名，心虚似的把眼睛闭得更紧了。她敢肯定男友此刻从后视镜里偷瞄了自己。

隔了两秒，男友说：“你让我怎么跟她分？跟她说‘我妈帮我找了更好的结婚对象，所以我不能跟你结婚了’吗？这像人话吗？”

“你就不能给她摆摆事实，让她知难而退吗？”他妈妈的语气听起来有点焦躁了，“不用你说，你所有朋友也会告诉她，她和小余差了十万八千里。小余家里开厂有实业家底厚，人家自己又是公安系统的铁饭碗，这社会地位她怎么比？就她自己捏捏泥巴做那两个破瓶子能赚几个钱？二十年买不起内环一套房。这不，果然失业喝西北风了吧。她父母养老能不能靠自己还成问题。你娶她？你就去养她全家吧。养个儿子到三十岁结果成了人家的儿子，你说我怎么这么倒霉？”

“哎呀行了行了。天天说这些烦不烦？我又不是小学生。道理我不是不懂，可是分手也需要过程，没法像切萝卜那样啊。”

“俗话说得好，就得快刀斩乱麻。你和她就是乱麻，没好结果的。嫌我唠叨烦，你就早点自己处理好。晚上回家来吃饭，我把小余约到家里了。”

“知道了。”

听不出什么情感倾向，电话就这么挂断了。

夏秋自始至终没睁眼，好像躺在海里，是云海。身体底下垫着起伏的棉花糖，找不到支撑着力点，不断下陷。

陷下去的同时，身边的云翻滚着卷来，将自己覆盖，却不能提供温暖。

一种置人于死地的窒息感，夹带着一种虚假的甜腻。

[四]

“夏秋你别老是晃好吗？晃得我头晕。”

“不是我晃，是你自己在晃好吗？你香槟喝一杯都能醉啊？”夏秋把李禾多扶到沙发边推她坐下。

禾多眨了眨眼睛：“果然不晃了。”

夏秋真气不打一处来。心情不好，约好姐妹一起到家喝酒聊天，话还没进入正题，不伤心的人反而比伤心的人醉得更快，简直没有人性。

王旗和陈萱倒是没醉，只不过因为林浩、赫连气氛有点怪。两个人都是一边机械化地大口喝酒，一边盯着电视里的调解纠纷栏目。

夏秋看了看她们，觉得还是李禾多比较有人性，又回到李禾多身边，没再说话，就抱着她腰靠了一会儿，不知怎么的，眼泪就流下来了。

禾多感觉到胳膊湿了一片，终于稳重起来，回过头像母亲一样看着夏秋：“你别哭了，这家人就是畜生，犯不着跟他们较劲。人怎么能跟猪打架呢？你说是吧？”

夏秋呜呜的哭得更起劲了：“我只是普通人家的女儿，犯了什么错？”

禾多摸摸她的额头：“富贵人家的陈萱和赫连也不幸福啊。没什么错，就是好人难遇。你还有尹铭翔呢，他还喜欢你。”

夏秋完全忽略了尹铭翔这个话题，继续纠结自己的：“我跟你说，他肯定知道我没睡着，这电话就是打给我听的。真气人！他连渣男都不愿做，难听的话还让她妈来说。”

“所以呢？现在不正是回头是岸的好机会吗？真嫁给他了，被他妈妈虐得灰头土脸，不是更惨？”

夏秋不哭了，坐直了擦擦眼泪：“我想报复他。”

“你又不是天蝎座，没这天赋。你还是报复社会吧。”

夏秋想起了在场的天蝎座：“陈萱，你帮我想个主意报复他。”

陈萱视线都没离开电视：“勾引他爸，逼他爸转移财产和她妈离婚，让他妈一分钱拿不到，生俩儿子，分掉他一大半遗产，培养自己儿子勾搭嫂子搞不伦恋让全家发疯再抛弃。”

夏秋花了几十秒在脑子里理清思路，然后转过头眼泪汪汪地看向禾多：“还是你帮我想个主意报复社会吧。”

“另外你记错了，我跟你一样是双子座。”陈萱并不觉得自己的主意不好，只是依旧沉迷于调解栏目：“哎，你们说，为什么原配总是打小三呢？怎么没有一个去打贱男的？”

夏秋终于被转移了注意力："因为原配对贱男有爱，对小三只有恨。再加上，女人打不过男人。"

"那个……"王旗在沙发角落里咬着吸管幽幽地说，"赫连那天打了林浩，没打我。"

过了半晌，夏秋打破了沉默："我觉得你应该爬到赫连面前去道歉。"

陈萱也看着她拼命点了点头表示赞同。

王旗把求助的目光递向三观最靠得住的禾多。

禾多回答她："到时候我会拍照发微信朋友圈的。"

这天夜里，王旗失眠的主题全和离家出走有关，高中时四次离家出走，三次跑去了夏秋家，一次跑去了李禾多家，四次中没有一次吃到了消夜，这不是损友是什么？自己真是脑子进了水，为什么会交上这么损的损友？身为高中生，家里连膨化食品都没有！这两个人的世界观绝对有黑洞啊！

为什么要道歉？

凭什么要道歉？

根本什么都没做错！

[五]

朋友说的话，就算不服气心里叫嚣反驳着，也没法无视。

夏秋对禾多说的那句"尹铭翔还喜欢你"当然更没法无视，可是丢了一个人立刻就转身捡起另一个，对另一个并不公平，看着像备胎的角色。

夏秋不想去联系闺蜜们，这才刚分手，她们就光明正大地抬出了尹铭翔，五句里三句是关于他的打趣。对情侣的打趣总要两个都认识才别有风味，以前夏秋的男友她们不熟，地位太高也玩不到一起。现在终于有了机会，还是从小认识的尹铭翔最得她们心意，好坏都知根知底。

可夏秋现在并不是能打趣的心情，她沉在前一段恋情里出不来，但也不愿倾诉。情绪瘫痪在那里，不能提起。

几个闺蜜没有一个善于宽慰人。

赫连、王旗安慰的方式就是把言语化成小刀戳来，戳得人痛到底大概就能麻木。彗星要来撞地球，夏秋也不会找她们求助，她们不仅无力阻拦而且还添点加速度，以为撞上不可避免，尽快穿过去就好了。穿过去之后呢？地心一个窟窿，她们居然也能觉得并无大碍。

禾多的安慰方式更煎熬。她总是小心翼翼地问起对方有没有反悔之心，有没有想来复合。夏秋理解她是好心，为自己抱不平，认为对方不珍惜夏秋是有眼无珠，非得分手后痛哭流涕来求复合才正常。可偏偏现实是，对方像甩了包袱似的一身轻松，早逃到天涯海角独自快活去了，分手后一个电话一条短信也没有。禾多每问一次，夏秋就多受一次伤。

她没有工作，也提不起兴趣躲在屋里画画。天气渐渐冷了，她反倒一门心思想往外跑，不晒着太阳整个人都无精打采。在阳光下有一种虚幻的繁华与热闹，能衬得心里不那么冷清。

赫连三番五次打电话给她，她都在外面摄影。最后一次赫连半开玩笑地说：“老拍山啊树啊的有什么意思？你也拍拍美女。”

“哪有美女让我拍？”

“你给我拍套结婚照吧。”

夏秋吓了一跳：“你和林浩和好了？”

“当然没有。”

“那么又找了新的？”这可比复合更劲爆。

“也没有。怎么了？一个人不能拍吗？我一领证就买好了婚纱婚鞋，现在新郎没了，婚纱照也没拍上。以后要结婚也不知该怎么对下一任新郎解释这婚纱婚鞋，大概也不能用了。实在太亏了啊。收起来之前能拍拍照片留个纪念也好。”

这想法太新奇了。这算是行为艺术吗？

夏秋想着自己好歹是个搞艺术的，和她比也不够前卫。不过能出门散散心，和闺蜜疯一疯，总归比一个人孤魂野鬼般游荡要好。

## [六]

赫连公司发了芭蕾舞剧的演出票，每人两张，本来和男友一起看最合情合理，现在身边空出一个位置，她最先想到的是陈萱。

和陈萱那点芥蒂早化为乌有了，可陈萱一听芭蕾舞剧还是支支吾吾婉拒，追问才知道她还是每周末都要相亲，真没出息！

相亲本来是她妈妈逼她去的，到如今她自己似乎也不怎么排斥了。

就像已经被海浪打上岸的鱼，嘴还一张一合，但心已经死了，也懒得再蹦跳。

赫连也想过邀禾多和王旗，但和两人毕竟都有点矛盾，吵过架，翻过脸，再并肩看芭蕾舞，有点别扭。

在寻找同伴的过程中，赫连自己对芭蕾舞剧的兴趣也被消磨殆尽。这种活动过去对她唯一的意义是盛装打扮与男友共同出席，盛装打扮的重要性远超过芭蕾舞本身。实话实说，芭蕾舞她欣赏不了，坐着觉得无聊。

其实在邀请陈萱之前，赫连最先想到的是，把这两张票给夏秋和尹铭翔。可是她又有点私心。现在夏秋和自己都处于失恋状态，好歹也算是同病相怜。夏秋如果真的很快和尹铭翔旧情复燃，那孤单的人就只剩自己一个了。

## [七]

天气预报说冷空气来了，可到了既定的这天，虽然确实比往日冷，但连日的阴霾却一扫而光，天少见地放晴。

树叶的青透着一种迟暮的暗沉，视界深处，原本是绿的区域与行人的黑色大衣连成一片。

落在地上的黄叶变得生脆，踩过之处发出破碎的声响。

夏秋靠着树根坐下，盯着远处波光粼粼的湖面看久了，眼睛酸，不由得闭上。红色的光覆在眼睑上晃动。

看不见时才闻出四周有清新的气息，在这个枯朽的季节。

是苔藓还是新生的芽？

耳畔响起赫连的声音："我好了。"

夏秋睁开眼，穿白色婚纱的新娘逆光站在跟前，像幻境。

化妆师朋友从旁边的帐篷里跟着钻出来，不太自信地问夏秋："是不是还是给她全部盘上去？"

"不用。"夏秋从相机取景框里看了看赫连，"这样刚刚好。"

赫连的头发很长，发根微卷，从两侧取了一些编成细细的麻花辫高高地盘起来，其余的依然披散着。

夏秋把手侧伸向最远轻声说："身体侧过去，脸朝这边。"

赫连看过去，镜头里出现她四分之三的侧脸。

"头不要动，眼睛回来看镜头。"

风与她的眼神保持相同的流向，形成随意的曲线，使她有一点少女模样。夏秋对着少女模样的新娘按下了快门。

大学的时候，夏秋每次给尹铭翔当模特都让他束手无措。

"哎，你别笑得这么僵。"男生再一次无奈地放下相机。

"我就是正常笑啊。"夏秋觉得非常委屈。

"你正常时不是这样笑的，这样看起来很僵硬很尴尬。不行，你的脸别对着镜头试试？"

夏秋转过去背对镜头。

"哎哎，没让你给我背影啊。你转过来，眼睛看着镜头时不要脸也对着镜头……这样也不对……你的表情别那么凶……"

"是你叫我别笑的啊！"女生抗议。

"不笑和凶中间没有过渡的吗？你刚才明显看见了杀父仇

人啊！”

“这样？”

“不不，你的眼睛和脸不要同时对着镜头。”

“这样？”

“……你两只眼睛对起来了。”

夏秋没辙地笑起来：“到底要怎样……”话未说完，剩下的词句就被对方的唇死死封住了。女生微怔，脑海空白了十几秒，十几秒后耳根才迟钝地红起来。

“你笑起来最美了，随便笑就很美。”在之前的那个瞬间，尹铭翔不是没犹豫过，是迅速举起相机还是跨过去亲吻她？事实证明，他不是一个好摄影师。

这个突如其来的吻在几年后依然具有让她晃神的魔力。

女生低头看了眼刚拍的那张，不禁发出“啧”的一声。

赫连有点紧张：“怎么啦？”

夏秋抬起头抱歉地笑笑：“跑焦了。”

闺蜜不满地嘟起嘴：“大姐！我很冷啊，不要浪费我表情嘛！”

“不会了。”夏秋重新举起了相机。

应该不会再想起才对，这种时候，应该沉浸在前一段恋情带来的伤害中，应该停下来休息。

拍摄结束后，赫连以“冻僵了”为由赖在旁边逃避劳动，化妆师在拍摄开始后不久就先行离开了，只剩夏秋一个人在收拾她换衣服的帐篷。

“夏秋，我这里有芭蕾舞票，没心情去，你去吧。”

夏秋一边把帐篷折成8字形一边说："我也没心情。"

"不行。反正我只能给你芭蕾舞票来报答你帮我拍照。"

"我真没心情去。"

"我不管。你不要去就把票给别人，到时候你自己不要后悔就行了。"

夏秋觉得只不过一张芭蕾舞票而已，哪有那么严重，没什么可后悔的啊。

[八]

李禾多收到夏秋转赠的芭蕾舞票后第二天，下班回到家，男友等在楼下。禾多差点就从车边目不斜视地走过去了。

男友放下车窗叫住她。

"欸，你今天怎么过来啦？"

"有点事和你商量，快上来。"

禾多坐进车里。

男友拿出一个信封："尹铭翔给我一张周末的芭蕾舞票。给我一张有什么用啊，我也不可能一个人去看。所以我想，要不我再去买一张同场的票，我们一起去看吧，到时候跟身边人换一下就好了，最多补点差价。"

禾多蹙起眉打开信封："我看看场次。说起来夏秋也给了我一张芭蕾舞票，她说是赫连给她的。欸，是同一场啊！还是相邻的座位！"

男友似乎明白了什么："如果没转送……也就是说本来应该是夏秋和尹铭翔去看的啊。"

禾多把票塞回信封里。

"那……要不……我们分别把票退给他俩？退回去吧。"

"可是尹铭翔说他是因为要去杭州工作所以才看不了的。"

"啊，什么？去杭州工作？"

"对，他们公司有个项目在那边，大概要去一个月。"

"这么长时间啊！这种出差活动不是应该派单身汉去吗？"

"尹铭翔就是单身汉啊。"

禾多这才想起。

"……那，只能我俩去看了。"

"我们去吧。"

又过了一周，禾多与王旗、陈萱、赫连一起坐在蛋糕店喝下午茶时，说起了芭蕾舞票的事。其余两个女生无不惋惜："好可惜哦。这两个人怎么老缺点缘分呢。"唯独赫连例外。

她的重点好像放错了："我那两张票好有缘分哦。"

禾多无语地睨了她一眼。

王旗讽刺道："是啊，你别做猎头，去做婚介算了。"

"我要做婚介，也得先把你这个大难题解决了，省得你老对别人的男友下手。"

"赫连瑛你有完没完了？不是说好不提那件事了吗？我又不是故意的！而且我也道过歉了啊！"

陈萱见这两人又快要吵起来，忙把自己拉出来堵枪眼：“赫连赫连，你先把我这个大难题解决一下，我才是难题。”

赫连冷静下来，叹了口气：“我们几个其实没有一个算真难题。反正我想得很透，不是我的早晚都不是我的，没必要为了一棵树放弃一片森林。陈萱你呢，虽然相亲这个过程有点恶心人，可是遇见了对的人陷入热恋的速度还是很快的，至少你没放弃啊。就是夏秋，搞不懂她在想什么，她从小就是把什么都藏在心里，无论多大的事都一个人扛，让身边人看着好揪心。她现在可是我们中最惨的，又失业又失恋。”

“还有我呢，我也单身，你干吗把我省略掉！”王旗又跳出来找存在。

赫连不屑地看看她：“你有过靠谱的男友吗？你应该习惯了啊！”

陈萱刚想劝阻她们就被禾多拉住了。

“让她们吵吧，吵散了就是神作了。淘宝有卖不吵架的闺蜜吗？有的话我倒真想去买一打。”

陈萱撑着头看着室外明晃晃的太阳：“不知道这么好的天气夏秋在干什么，叫她出来也不来。”

“失业又失恋的人还能干什么？一个人抱着装满定情信物的纸箱躲在房间里等外卖送吃的吧。”

[九]

“您的外送一共67.5元，请问是现金还是刷卡？”

夏秋接过外送员递来的塑料袋：“现金。这里是100元。哦，等等，这里还有7.5元零钱。”

“好的，找您40元。小姐，如果您晚上还像前几天一样需要叫外卖，可以打我这个手机，”外送员把一张名片和找零一起递过来，“不用打客服电话，我还正常给您送来，只收您8元外送费，我给您少算4元。”

夏秋点点头，关上了家门回到沙发上继续翻相册。

如今才发现，在尹铭翔给自己拍的所有留存下来的照片中，自己都没有看镜头。不看镜头时可以很自然地笑，可以很自然地低头，可以很自然地让风拂过自己的脸，接着抬手去捋一捋头发。

看着看着，夏秋没有注意到自己微笑了起来。

原来爱情中最美好的时刻是这样的时刻——

你在看着我的时候，我并没有看着你；我在想着你的时候，你不知道而已。

喜欢一个人的表达有很多种。

有时候，喜欢一个人，只需要想起一个吻，就忘了所有伤痛。

你不是失去了女神，
只是失去了单纯的自己。

[一]

回到高中的时候，也许每个像尹铭翔一样情窦初开的男生心中都有一个夏秋这样的女生。如同偶像，使人时时从身后仰望，如同女神，言笑都带着恩泽的意味。

一半是因为她真的那么美好，剩下的一半由自己的幻想填满。成年后再也遇不见女神，未必她们都不够美好，只是理智总能压倒幻想，无论多么漂亮，都抵不上曾经在幻想中周身带着光晕那样令人目眩。

尹铭翔在一个晚自习放课后没有急着回寝室，教室里只坐着他一个人。他一个人用手撑着头，另一只手无声地转着笔，目不转睛地仰望着讲台上踮脚擦黑板的值日生，始终在心里犹豫要不要去帮助她。

女生身高不矮，如果完全够不到黑板上缘，可能会干脆搬来椅子垫脚，她踮起脚伸长胳膊，正好能够到，可这姿势让旁人看来实在够累的。晚自习时她大概参加了篮球队训练，里面仍穿着篮球服，秋季校服只是象征性地罩在外面，连拉链都没拉。她吃力的姿势让那件校服以一个离奇的角度被伸展扭曲了，一侧垂到极低，一侧像要飞出地球，脊背处勒出几道折痕，马尾辫的末端被窝在里面。随着她转头的动作，时而露出一点侧颜，鬓角处的头发比其余的发色深一度，大概是先前流过汗的缘故。

教室里的白炽灯光为她披上一层柔和的光晕，男生看得出神，却条件反射地在对方擦完黑板转过身来的瞬间迅速垂下眼睑装作认真做题的模样。

女生从讲台上走下来，整理了一下垃圾桶，拎着黑色垃圾袋出了门。男生这才意识到什么，从座位上蹿起来，一边叫着“夏秋”，一边抄近路穿过教室后面，顺利把女生堵在走廊里。

“我帮你去倒垃圾。你在这儿等着就好。”

面对男生不容置疑的提议，夏秋稍稍有点不解，却已经很给面子地放下了手中已撑开的雨伞。

尹铭翔接过她手中的垃圾袋，并没有拿伞，身影迅速消失在楼梯转弯处。

教学楼距离垃圾堆放处有一段露天的距离，可男生去得似乎有点久，待女生收拾完讲台他还没回来。觉得不打招呼就自己先走不礼貌，女生只好又做了一个把桌椅对齐的额外工作。

男生冲回教室时半身湿透了，额发垂下水滴，喘着气把两团看起来像塑料袋的东西扔到夏秋面前的桌上："给你。"

女生迟疑地拿起，展开，是防水鞋套。她低头看了眼自己的白色篮球鞋，这才恍然大悟地感动起来。

"那个，谢谢你。"夏秋回过头。

男生迅速把课本塞进抽屉，朝她露出"我的名字叫红领巾"似的憨实笑容："倒个垃圾而已，应该的。别说倒一次垃圾，就是帮你倒一辈子垃圾我也乐意。"脱口而出后，这一辈子的许诺和垃圾连在一起，连自己也觉得哪里不对劲。

"哈？"女生有点蹙眉，忍俊不禁的神色。

"我……我想……"男生脑子乱作一团，窘迫地随她走到门外，终于找到一个根本解释不通的借口，"我想和你做邻居。"

"嗯？"女生不知道是对方表达能力有问题，还是自己理解能力出现了偏差。

尹铭翔却对这个蠢得要命的补充说明无比满意。逻辑上没有问题，也不是什么非分要求，只不过是"做邻居"而已。做邻居的话，可不就能帮忙倒一辈子垃圾了吗！

从普通的同班同学到朋友之间的过渡，令人印象深刻的对话应该就是这次。

不知怎的，充满了感动和无厘头。

就像"一辈子"和"垃圾"那样混搭。

从同学到朋友到恋人，再到不是恋人，曾经心中有过无数愿望与希冀，曾经约定无数目标与誓言，过程太过绮丽。每一个长跑运动员都不会记得年幼的自己是怎样迈出蹒跚的第一步。他们记得数不清的美好或悲伤的过往小细节，却似乎都忘了这卑微的最初告白。

[二]

无聊时，夏秋刷微信朋友圈，看见尹铭翔发了一条新动态。照片是在甜品店拍的，反射着阳光的架子上放着各式精致的小点心，而文字是：想念曾经的牛奶芝士饼干。不明就里的禾多已经在下面问了一句：上海的牛奶芝士饼干吗？

夏秋一个字一个字地输入：我再给你做就是了。

尹铭翔很快回复了一个微笑的表情。

应该是在高考结束的那个暑假，没有学业的压力，也暂时没找到做陶瓷的新兴趣。妈妈为了做烤鸭买了烤箱，夏秋有两个多月的时间沉迷于用烤箱做蛋糕和饼干，做好了约会时带给尹铭翔吃。做过很多口味，他爱吃甜食，最喜欢牛奶芝士那种。

做饼干的工具在父母家里，夏秋只好又在网上买了一套。下单时才想起，当年用的模具是爱心状，如今再用已不合时宜，夏秋犹豫半晌，还是放弃爱心改选了姜饼人形状的。

反正也算应景，快到圣诞节了。这么自我安慰地想着做好，给他寄去了。

寄走了又怕快递太暴力，担心饼干到了目的地都碎成渣。提心吊胆了两天。男生终于发了微信，从照片看来饼干都完好无损，夏秋终于松了口气。

尹铭翔在留言中问她：“我自己也做过，可为什么我做的饼干总是会焦煳。”

烤箱受热不均匀，中间的饼干正好时，旁边的饼干还没熟，等旁边的饼干熟了，中间的一定已经会有点焦煳。家用烤箱都是如此，哪有什么例外。

夏秋一边笑一边回复他：“我做的焦煳的都被我吃掉了啊。”

陈萱也看得见他们的对话，回想起来，夏秋和尹铭翔在高中是看起来最像偶像剧里的情侣。

漂亮、聪明又爽朗的女生。

帅气中带点孩子气、在校园里拉帮结派呼风唤雨的男生。

光是两人单独出现就已经熠熠闪光，更别提出双入对。一个在篮球场边为另一个加油，一个为另一个做爱心饼干，这才让人相信是正常的恋爱啊。

而自己的恋爱，爱到最后很痛苦的时候，看偶像剧甜蜜的部分竟会流下眼泪。磨难太多，让人差点忘了真正幸福的存在。可即使记得又能怎样呢，回过头往身后看看，连夏秋和尹铭翔都无法终成眷属。世界上大概根本就没有天长地久的爱情吧?

## [三]

赫连以为自己早已想开了，可去办离婚手续的那天，还是抑制不住伤感。

办理离婚手续的办公室就在办结婚手续的办公室隔壁，它们需要穿过同一个嘈杂的大厅，大厅的侧面有一处休息区，那里坐了些对结婚和离婚心存犹豫的人，看神色就能感到悲喜两重天。

排在赫连、林浩前面的是一对神情反常的青年夫妻，似乎完全没有离婚的觉悟，反而在兴高采烈地交谈。赫连觉得好奇，偷听了一会儿，才知道原来他们是为了少缴房税而来办假离婚的。女方用简直“兴高采烈”的语气对办事人员说道“我要离个婚”，办事人员对这种喜气洋洋的氛围颇不习惯，抬头观察了一下她的精神状态，确定不是有病之后才开始盖章。

排在后面的是一对中年夫妻，男方一言不发，女方一直在啜泣。

赫连觉得自己和林浩与前后那两对相比挺适中的。林浩前几天还在苦苦哀求赫连原谅自己重新开始，如今也没了声音。也许他已经意识到赫连看他的眼神中的蔑视是无论如何也无法消除的了。

眼前有对的路，也有错的路，但他选择了更容易走的那条路。

就这样，两人沉默着办完了手续，在市民中心门口分道扬镳了。

走出几步，赫连停住脚步回过身，林浩没有回头，越走越远了。女生仰头望了望市民中心的大门。几个月前第一次踏进这里，连步履都一步一颠，那时她说“我还以为结婚要到民政局，凡是叫什么局的都是又破又旧的楼房里坐着懒洋洋的公务员”，没想到是这样宏伟宽阔的大厅，比她所见过的所有的外资银行、市中心写字楼大厅都显得高端大气。

但是，对结婚场所的无知根本比不上对结婚的无知。

那时的赫连单纯地相信，一旦结婚，感情线就走到了尽头，人就可以就此停下脚步，把精力分散到事业上去了。

领证之后的这大半年不是没有收获，相反，收获太多了。她进入业内最好的公司，拿下一单又一单业务，和数不清的客户相处成“死党”，在跳槽时来了个釜底抽薪带走了所有优质客户。如今同学、朋友中没有谁比她年薪更高，没有谁比她事业更成功。她一直觉得，无论是家境还是个人，自己配林浩都绰绰有余。

为什么林浩会和自己越走越远？

为什么样样成功的自己会遭遇婚姻失败？

赫连不是不服输，只是想找个确切答案。

## [四]

禾多遛狗时看见酒吧门口停着赫连的车，把狗狗放进包里，推门进去，赫连果然一个人在里面。她径自走过去，坐在赫连身边。

赫连早发现了她，但也没有任何反应。

因为还是下午，酒吧刚刚开始营业，店里除了这一桌就没人了，服务生从禾多进店的第一秒就盯着她看，禾多招呼她过来，指着赫连的杯子说道：“我也要一杯一样的。”

服务生还在揣测这两人是否认识，满腹狐疑地离开了。

“我说你，喝了酒待会儿怎么开车回家啊？”

赫连明显有个愣住的表情。

禾多惊讶地扬了扬眉：“你不会没考虑过吧？”

被戳穿的赫连冷哼了一声，硬撑着说：“就算把车扔这儿明天再来拿，又是多大的事？”

禾多抬手支起下巴：“没多大的事，被拖走而已。”

“我今天离婚了，我会打人的哦。”赫连瞪着她。

禾多从服务生手中接过啤酒杯，轻轻碰了碰赫连的杯子：“祝贺你脱离苦海。”

“别阴阳怪气的，想看笑话就直说好了。”

“谁阴阳怪气的，我是说真的。离婚有时候不是什么坏事，不离婚，你打算跟在林浩身后吃一辈子醋？出轨这种事有第一次就会有第二次。”

“道理是没错，可从你嘴里说出来就是听着特别扭。你这人长期不安好心，动机可疑。”赫连嘟嘟囔囔着，大口喝了口啤酒，凉意刺激到胃里，又没来由地感到一阵悲伤，嘴也瘪了起来，“还没结婚就离婚，我到底哪里做错了？”

“哪里都没错啊。你想想，林浩是不是从我们认识他的第一天起就花心？”

赫连点点头。

“就这样你还打了鸡血往前冲，我以为你根本不介意他花心。现实就是这样，没有十全十美的人，不能指望微波炉有洗衣功能，重点是你希望有个微波炉还是洗衣机。你和别的女人抢林浩抢得不亦乐乎的时候，我在想，大概林浩有别的什么优点是你们看中的，所以不在乎他的缺点。他的缺点很明显，从一开始就存在，倒是要问问你，为什么从前不在乎，现在又在乎了？”

赫连沉思许久，最后苦笑起来：“以为只要打败情敌，和他领了证，就获得了永恒的胜利，没想过还有守阵地的后续。过去的敌人是别的女人，不觉得他有缺点。但后来敌人成了他。”

“所以说，你也别老自我纠结了。说白了，是林浩的缺点你以前没重视，现在忍受不了了，你没什么错。一切向前看才对。”

禾多话音未落，小狗在包里叫了起来。赫连吓得从高脚凳上掉下来：“什么鬼东西？”

“我是出来遛狗的。”禾多怕小狗被憋坏了，忙拉开拉链，把它的脑袋露出来。

“你这是虐狗啊！你是什么主人！”赫连替小狗抗议道。

服务生急忙走过来，刚想义正词严地提出“宠物不得入内”，禾多掏出钱包往桌上一拍：“埋单。她的一起结。”

赫连又爬回凳子上：“我还没喝完呢。你真浪费。这家店是林浩喜欢的，我一定要经常来，这样他看到我觉得尴尬就不敢再来了。真后悔没分他一点财产，我至少要抢走他喜欢的店。”

禾多略无语：“瞧你那点心眼。”

赫连一边快马加鞭喝掉剩下的啤酒一边问：“你也喝酒了，车怎么办？”

禾多从口袋里拿出手机：“夏秋住得近，叫她打车来吧。”

“她好惨，我不想见她。”

“什么逻辑？”

“比我更惨的人在场就没人安慰我了。”

## [五]

夏秋下了出租车，见赫连站在酒吧门口像弹簧一样发抖，不禁笑起来。

赫连指着禾多向她告状："都怪李禾多，要不是她随身带着狗，我们也不会提前被赶出来。"

禾多反驳道："要不是你贪小便宜把啤酒一口气喝光，哪会冷成这个样子？"

"什么叫贪小便宜？明明是节约！你是多豪门啊！点98元一杯的啤酒就扔那儿，简直是犯罪！"

禾多转过头笑着对夏秋说："她把我那杯也喝掉了。"

"不行，你们先等我一下，"赫连蹦蹦跳跳地推开酒吧门，"我去上厕所。"

夏秋扯住她："哎，你先把钥匙给我，我们去车上等你。"

赫连从包里掏出钥匙。禾多在旁拍着脑门："欸，傻了。刚才怎么没想到去车上开着暖气等。"

夏秋打开暖气。赫连上完厕所爬到后座，感受到暖意才放松下来，从座椅背后抽出纸巾擦擦鼻涕："冻死了。"

夏秋问："今天办了手续？"

"嗯。"

"虽然林浩出轨是没什么借口好说的，可你以后也得吸取教训，别老不拿婚姻当回事，我们想嫁人还嫁不出去，这次你失去的是林浩，渣男还没什么值得惋惜，将来……哎哟喂！"

车子随着方向盘的晃动整体摆了一下，夏秋赶紧把方向盘扶正："你掐我干吗？多危险啊！"

禾多这次改拍她的头："给你使多少眼色都阻止不了你，不掐你掐谁？”

“开车得看路啊姐姐！谁知道你躲在一边放电了！”

后座的赫连伸手拦住禾多：“你干吗不让她说！让她说！我也想知道我怎么不对了。”

夏秋略委屈地瞄了一眼禾多，又瞄了一眼赫连：“我的意思是，林浩虽然是渣男，但你这么对丈夫是不对的。”

“我怎么了？”

“你看哪家不是丈夫有60分，做妻子的在人前吹他有90分？没见过你这样整天损自己丈夫的。”

“我哪儿损他了？”

“你那还没损他？当着林浩的面，你说没说‘我想嫁什么土豪不能嫁？和你在一起单纯就是看上你的人’？背着林浩，你说没说‘林浩家当那么点小官也叫官？他自己收入还抵不上我收入的十分之一’？”

“这就叫损了啊！这也有意见那也太玻璃心了！我说错了吗？我说的都是大实话！”

“没说你这都是假话，可实话也有能说不能说之分啊。你换位一下，你乐意听男人说‘我想娶什么美女不能娶？和你在一起单纯就是看你忠厚善良’？这不是明摆着把你划分到美女范围之外了吗？你喜欢？”

“……我只是想让他知道我不是他想象得那么拜金。”

“你要真不拜金就会淡化这个问题。反正你也没花过林浩的钱，自给自足，你买的东西再贵他也犯不着有意见。可你天天把

'我不花你的钱'挂在嘴上，你让他把自尊心往哪儿放？"

赫连不吱声了。

夏秋把车靠偏僻的路边停下，拉过禾多的手伸到赫连面前："你看看禾多，她男友给她买个钻戒，她天天戴着，见人就夸，身边没有一个朋友不知道这是她男友送的，她男友多有面子？别说是两万，就是二十万的戒指，他这钱也花得高兴。禾多的男友也不是什么高富帅，可礼物就是礼物，钱多钱少都是心意。赫连你呢？求婚戒指1.5卡你嫌小，自己买了个7卡的戴着，你让林浩怎么想？"

"……我也没跟他说不要那个小的啊，"赫连不服气地翻着白眼，"别人问起来我不都说7卡那个是林浩买的嘛！"

"我的天！林浩买1.5卡的送你，你自己换成7卡的，还跟人说这是林浩买的！你怎么思路像尿路一样啊！"

赫连顺手拽过纸巾盒拍在夏秋脸上："行了行了，赶紧开你的车，我又想上厕所了。"

车开出一段，一直围观她俩的禾多才发话："说白了，赫连就像知府的女儿想嫁皇上的儿子，可现实是嫁了另一个知府的儿子，她就虐啊虐啊，想把知府的儿子虐成皇上的儿子，怎么可能呢？既然一开始看上皇子，那就奔着目标去，何苦折磨自己又折磨别人。"

夏秋补充道："拜金不是问题，世界上有谁钱越多越不爽？关键是你不能一边拜金一边嫌贫，一边嫌贫还一边标榜自己不拜金。莫欺少年穷啊赫连！"

赫连彻底沉默了。她呆呆地望着车窗外飞速向后掠过的行道树，不一会儿就觉得头晕眼花，不知是醉了还是困了。冥冥之中居然有一种前所未有的安心感。失败了不要紧，失败了却没总结出经验才让人不踏实。

这下总算能向前看了。

[六]

从网上看来的信息果然与现实相差很大。

王旗在母亲的建议下真的把“养狗”这件事提上了日程，光是在网上搜索资料就用了两周时间，一点也不像王旗的作风。从小到大，她从来不知“慎重”为何物，可这次不同。

和谈了男友不合心意就果断分手不一样，养狗可是十年、二十年的事。万一挑错了，未来的十年、二十年都会陷入泥沼。

周末这天，她终于下定决心，带着选定的小狗照片，拉着陈萱一起前往机场附近的狗场。老板说狗场的位置难以形容，让她们把车停在地铁出口等着，他开车来给她们引路。大约十分钟后，两辆车停在景观公园一般的围墙外，老板下车打了声招呼：“你们等一会儿，我拿一下钥匙。”

王旗也下了车，让陈萱摇开车窗：“这里环境还挺好。”

陈萱扫视了一圈周边环境：“这里的狗比我们人还过得好。”

但出乎意料的是，老板找门卫拿了钥匙，并没有把车开进景观公园，而是掉了头，往一堆平房的方向去，陈萱和王旗满腹狐疑地跟在后面。短短的车程之后，终于到了。

老板用刚才拿到的钥匙开了一个小四合院的院门，招呼她们把车停进去。陈萱一边倒车，一边感慨：“这落差好像有点大。”

王旗恋恋不舍地回望刚才的景观公园：“嗯，从庄园到村舍的差距。”

网上公开的狗场内景照片虽然没有景观公园那么奢华，但却十分温馨可爱。初生的小狗像婴儿般被放置在造型像小馒头一样的暖箱中，整个温室的色调是粉红与奶白相间。

然而王旗自始至终也没看到这样的处所。

老板只是领着她们进入一间毛坯房似的办公室，让她们稍等，片刻后用狗笼拎来了一只奶狗。老板把小狗从笼子里掏出来放在办公桌上。

王旗一张口，声音中的失望不加掩饰：“就、就是这只？”

她难以置信地又看了一眼手中从网上打印下来的照片，照片上的小狗大眼睛、苹果脸，虎头虎脑，毛色油亮，霸气十足。而眼前的小狗毛发乱七八糟，眼睛被藏了起来，被放在桌上站稳后就开始瑟瑟发抖。

老板自己也有点不好意思：“它平时不是这样的，这是有几天没洗澡了，奶狗嘛，最好是少洗澡，不容易生病。”一边说，一边抬手推了推它，“走两步，走呀！”

任凭他怎么推，小狗仍在原处发抖。

他又把小狗抱到沙发上继续推，小狗继续原处发抖。

王旗摸了摸它，小小的一只，就巴掌那么大，没有哪里受伤，老板在一旁赔着笑脸惭愧地说：“它平时挺正常的，这应该是认生、紧张……要不我再拿两只出来你挑一挑。”

老板的助理小妹很快又拎来两只笼子，这次的两只小狗都更大一点，一放出来就满地跑，没一会儿就找准了王旗和陈萱两人的鞋子抱住玩，很黏人。

王旗回看了一眼最初的那只，依旧在沙发上发着抖，这时它正往热闹的方向看来，看的是王旗的脸，它眼睛很亮，眼神温柔，只不过好像控制不了自己哆嗦着的四条腿。王旗觉得它比别的狗聪明，别的狗虽然活泼亲人，却不知道看人脸，只知道看人脚。

她把它从沙发上抱起来，那小狗惊得“哇”地叫了一声，一头埋进她的臂弯里。王旗说：“我就想要这只。”

老板终于松了口气，高兴地给她打了个折。

回程的车上，陈萱问她为什么还是挑了这只小弱狗。王旗说：“有种‘它只能依靠我，而只有我能保护它’的独一无二的感觉。”

从第二天起，王旗再也没有加过班，每天离下班时间还有五分钟就开始收拾东西，一到点人就没影了。几天后同事就觉出了反常，招呼她：“下班后一起吃饭吧。”

王旗风风火火地拎起大衣，把转椅推进办公桌下：“不行，我家哇哇要喂奶了，改天再聚吧。你们走的时候别忘了关暖气。”

同事目瞪口呆地看着她的身影消失在办公室门口，转身对格子间上方探出的同样目瞪口呆的脸问过去：“女神什么时候有孩子啦？”

那位也同样惊诧：“她什么时候结婚了我都不知道呢。啊！我失恋了！”

## [七]

王旗有了“哇哇”之后，整个人精神状态都不一样了。以前总有点茕茕孑立、形影相吊的悲惨，旁人看着只觉得同情，如今颇有靠得住的气场，举手投足都自信了起来，好像人生重点一下就脱颖而出了。

陈萱也对那只小狗喜欢极了，因为是陪王旗一起挑选的，自认为对小狗而言自己的意义也不一般，经常买零食、玩具去探望。有时她甚至想：说不定我也应该放弃嫁人养只小狗呢，自娱自乐也未必孤单。

“在想什么？”餐桌对面的相亲对象突然开腔，“你笑起来真好看，有酒窝。”

陈萱回过神，意识到刚才不知自己笑成了什么傻样，脸上一阵热。

“没，没想什么，想起我闺蜜家最近养了只小狗，只有手机这么大，特别可爱……”说了几句，陈萱停下来，脸更红了，相亲时走神已经对别人够不尊重了，还唠唠叨叨说这些没用的话，人家也未必有耐心听。

虽然那位男士涵养够好，一直面带微笑，似乎在鼓励她说下去，但这狗狗猫猫的话题实在出现得不合时宜。

大概已经在心里给自己打了个大叉了吧。

不，肯定从一开始就看不上。怎么可能看上呢？对方可是标标准准的高富帅啊！父亲是省级干部，他本人却没有半点纨绔子弟的不良做派。只比陈萱大五岁，三十出头的年纪，已经是银行分行行长。席间放在桌上的手机振动个没停，虽然他一个电话也没有接听，但陈萱耽误了人家时间的负罪感已经很强烈了。

这种情况下，自己竟然幼稚地说着不着边际的事，简直东拉西扯不识相。

陈萱识趣地提出结束进餐，只想维持最后的礼貌，并没有对未来的发展抱任何幻想。

走出西餐厅，一阵寒风灌进衣领，女生打了个寒战，赶紧用围巾把自己绕了个严实。男生阻止了她推门的动作："你在这里先等一下，我去把车从地库里开过来。"

"不不不，你那么忙不用送我，我乘地铁回家又快又方便，就三站路，还不堵车。"陈萱一边摆着手，一边推开门跳到空地。回过身对他挥手道别。

两个人坚持己见进行了好一番拉锯战，最后陈萱终于占了上风。

男生见她身形娇小动作滑稽，脸上露出怜爱的笑容："没吃饱吧，我觉得这家店不好吃。"

陈萱的神经放松了一点，也笑起来："我以为你来过呢。"

"没有啊，我在网上找的。哼！网上的评价都是假的。"

陈萱觉得那个"哼"有点可爱，笑得更深一点："回去再垫垫肚子就好了。拜拜！"道别之后男生照原计划往地库方向走，陈萱往地铁站方向，两人背道而驰。

寒意料峭的夜晚，沿街四处是流光溢彩的霓虹，眼底铺满了缭乱的色彩。人们为了庆祝节日早早地支起了圣诞树，挂满了彩灯。空气中有一股奇异的香甜味道，大概是从哪个面包房弥散开来的。

走出几步后，陈萱放慢了脚步，方才一直紧张的情绪终于化解，脑子里回想着刚才和对方相处的一幕幕有趣的情景，心中涌起一股暖流，其中潜藏着隐隐的冲动。也许心里看不上，可对方切切实实给人一种相处愉快的错觉，如果是不谙世事的少女，肯定会自作多情地陷入一段感情。可是陈萱经历过一些事，已经无法那么天真了。

心中一边不断冒出美好的幻想，一边使劲把它们打压下去。

情感和理智，是这么矛盾的存在。

就在陈萱满脑子电光石火，脸上一阵热一阵凉的时候，她的左手突然被人从后往前牵了起来。陈萱反应有点迟钝，在最初的几秒，女生压根儿没意识到发生了什么，而在几秒之后，微热的温度透过毛线手套传递过来，迅速从她心上滚了过去。

像被灼伤了似的，陈萱惊觉后转过头看向身边比自己高出不止一个头的男生，在他身后，纵向的银色街灯像闪光的雨，有点像奇幻的宇宙朝女生袭来。

对方冲她露出了熟悉的、略带腼腆的笑："我决不能让你饿肚子。"

不是多么绵软的情话，却比曾听过的一切情话都暖人心窝。

告诉我，喜欢一个人，怎能不天真？

陈萱的第一反应是抬起右手掩住嘴，这个动作成功地阻止了她差点失控的哭泣，却没能掩饰她已经红过的眼眶。

[八]

夏秋的外卖刚掀开盖子，就接到一个惊悚的电话，接通后对方直接在电话那头开始了长达30秒的尖叫。幸好夏秋早了解几个闺蜜偶尔神经错乱的本性，没有立即挂断，她看了一眼来电显示，等对方冷静下来后问道："陈萱你怎么了？"

"我遇到真命天子了！"

"哦？相亲吗？"

"嗯！"

"那太好了！对方是什么样的人？"

"又温柔又体贴又有礼貌！就像从总裁文里走出来一样的气质！绝对高富帅！绝对棒！"

"……他到底做了什么把你激动成这样？"夏秋还从来没见过这样的陈萱。

"他一晚上陪我吃了三顿饭！"

"哈？"好像是正常人难以理解的状况。

"回家后他还给我发了短信！"

那大概真的是两情相悦了。

"那祝贺你呀！赶紧确定关系带出来给大家看看。"

"嗯！"陈萱坚定地答应了，刚想挂电话，才想起正经事，"噢噢对了，还有件事，我帮你找到工作了！我堂哥明年要新开一个会所，需要很多大型瓷板画做装饰。我跟他推荐你，把你电话给他了，他说这两天会直接联系你。你能帮他去做一下吗？”

“嗯……现在……现在不行，等下个月可以吗？”

“哦？你有别的工作啦？”

“我……”夏秋犹豫半晌还是没有隐瞒，“我想等尹铭翔回来。”

电话那头长长的沉默过后，陈萱说：“那你跟我哥哥沟通吧，他也并没有那么急，明年才开呢！”

“嗯。”

“你和尹铭翔现在怎么样啦？”

“我也想知道啊。”

此时此刻，尹铭翔下了班，吃过晚饭，一个人在湖畔散着步，他心里正想着夏秋。想到的并不是多么美好的曾经，只是近在眼前的记忆残片。她穿着轻熟系的衣装，她用着复古的相机，她的言谈变得那么稳重得体，她拒绝自己，她说她如今很幸福，她在自己面前关上了一扇门。

看上去改变了，本质没变。她确实没有变，可是事过境迁，时间却将周围的一切都变了。

尹铭翔不知道真正的变数在哪里。

曾经视她为女神并不是因为她多么完美，而是因为当初的你，心无杂念地，不计得失地，傻气而单纯地喜欢着她。

你不是失去了女神，只是失去了单纯的自己。

原来在遇到真爱时，
一切预设的择偶标准都是虚弱无力的。

[一]

在这个社会上，文艺是行不通的。

——刚上大学就领悟的道理，实践过程中却总是忘记。

甚至在更早的时候，高中，那些迹象就早已明显地在眼前铺展。回想起来，漂亮、乖巧、学业出色、德才兼备的夏秋并不是班里最受老师们喜爱的学生。

学生们老老实实地在履历表上填写的家庭情况，在老师眼中变成了一张张贵贱分明的扑克牌面。老师们无一例外地纵容桀骜叛逆甚至有点目无尊长的尹铭翔，无论他考倒数第几名都把他当得意门生，晚熟的夏秋一直以为这只是因为老师们重男轻女。

夏秋有点庆幸自己懂得晚。

[二]

赫连似乎很快从离婚阴影中走了出来，双休日打来电话，言谈间一扫颓废，只问夏秋有多少存款。

“下星期有几个新人设计师开发布会，我看了资料，感觉潜力很大，你有没有兴趣来投资？反正你最近没活干，钱堆着也是堆着。这方面回报还可以。”

夏秋佩服她转身就全情投入工作的激情，积极也会相互感染。虽然之前没用心关注奢侈品行业，但平时吃穿用总有交集，夏秋不觉得完全陌生，答应去现场看看。没想到这一看居然看出个旧相识。

新人设计师中的一位是夏秋小学同桌，当年他长得圆圆胖胖，小小年纪就戴着眼镜，一点看不出艺术气质，只隐约记得他成绩一般，所以从小学画画，当时的说法是将来考大学能走艺术生的路线。现在看来，这路线是成功了。

有这样的同学，夏秋挺替他高兴，也感到有点自豪。回家后还在网上搜索了一下他的资料。今年夏天他刚从法国学成归来，创立了自己的品牌，这就已经开了发布会，可谓前途无量。可是当看了他设计的衣服，却觉得完全与他大放异彩的亮相不匹配，色彩艳丽媚俗，不太像能穿上街的日常服装，衣料都是百分百粘胶纤维，价格却高得惊人，夏秋觉得有这种经济实力的人群不太可能选择这种面料的衣服。

在网上搜他资料时发现，很多明星都穿了他设计的衣服，哪怕忠实粉丝的评价也是“你穿这个不好看”。一个新品牌，本身没有出众之处，却受到明星们的热捧，看起来有点令人匪夷所思。

后来夏秋才想起，这位同学的爸爸当年就是电视台中层，想来现在应该已经是高管。由于这层关系，才能让明星们穿上自己设计的衣服，借此打开销路。

成功原来不过是这么回事。

[三]

周末时陈萱的堂哥陈骁约夏秋吃饭，商量瓷板订购，赫连正好在身边听见，强烈要求一起跟去。夏秋问过了陈骁的意见，把她带去了。赫连平时就是社交女王，幸好有她在场，气氛颇显愉快。

席间三人基本都在聊些兴趣爱好业余生活，没涉及正事。临近饭局尾声，陈骁才步入正题，问了问夏秋作品的价格，又打听了业内国家级大师的作品价格，沉默半晌后，他随意地用手支着桌子，似乎是不打算再多费口舌绕弯子，开门见山地把问题迎面甩来：“如果只署国家级大师的名字，能不能打折？”

赫连在一旁喝着饮料，想着专业话题不关自己的事，完全没留意周遭空气突然紧张了起来。

夏秋平静地看着对方，没有回答。

陈骁以为她没听懂，进一步解释道：“我的意思是，能不能你执笔，让他们来署名？”

赫连这才抓住关键词，惊讶地抬起头。

夏秋微微笑一点，神色中没有丝毫讶异和愤怒，仿佛在斟酌利弊，考虑合作的可能性。

这表情让陈骁也略微松下一口气，笑起来：“这样的方式，业内应该很常见吧？”

“对，挺常见的。”女生点点头，“不过，我不做。”

送夏秋回家也不顺利，在距离她家小区200米左右的地方放置了修路标志无法通行，如果绕道，又将会出现一段在单行道上逆行的路程。赫连烦躁地把车靠边停下，在导航地图上寻找可行的路线。

“要不我自己走过去吧。反正不远。”夏秋提议道。

赫连跟着一起下了车：“我陪你一起回去，正好我也想用一下洗手间。”

女生们走在夜晚的路上，四下安静，高跟鞋踏出的节奏被放大得很清晰，十几步之后，赫连重提了那个令人不愉快的话题：“真没想到陈萱的堂哥是这种人。”

“嗯？”夏秋反应了几秒才笑道，“不算什么。这种事在业内确实挺多。”

“可我们这怎么也算是熟人吧，亏他开得了口。”赫连想起了什么，从外套口袋里掏出手机，“我得好好跟陈萱说说。”

夏秋拦住她：“唉，算了，没必要。陈萱和你一样都是外行，听了肯定会生气，她介绍她哥过来也是好心，影响他们亲戚间的关系就不好了。”

赫连把手机放回去，耸了耸肩：“看在他长得帅的分儿上，就不告状了。可是真气人啊，有钱了不起吗？把人当成什么了。”

“从我大学刚开始进入这行，就经常遇见这类事，以前为了接活我还做过。只不过现在没到穷途末路，还犯不着什么活都接，要是再过几个月还这么困窘，也许我会考虑一下。”

赫连睨她一眼，半开玩笑地说：“你还真没节操。”

“收入都没有的时候，谁还顾得上节操？”

“说起来陈骁家到底得多有钱啊？这么趾高气扬的。你说他这种级别的富豪，上海能有两百个吗？”

夏秋扑哧笑出声：“有两万个差不多。”

“开什么玩笑！他家不是上市公司吗？”

夏秋慢吞吞地走着，抬手指了指远处自己家的小区：“我们家住的这个小区的开发商，光这小区的房子加起来市值都几十个亿，他在别的区、别的省市还有楼盘。对面这个××苑、那边那条街××花园、亮灯的写字楼旁边的××豪庭、那边的××雅苑，还有隔壁的××墅，视野所及范围内就有六个楼盘，哪一个楼盘的开发商不是够得上陈骁他们家级别的富豪？你再算算你家周围有几个楼盘，全上海有多少楼盘？哪一个楼盘开发商的身家不是数以亿计？”

这么想来，好像的确是事实。

赫连接不上话了。平日她总是以“中产阶级”自居，实质上还是带着优越感，看人都是居高临下的，并没有真把自己当中产。而事实是，她的确就只是个中产。

中产家庭的女儿也各有各的不同。赫连家不惜把三分之二的家当都用来包装女儿，吃穿用度从不节约，想着女儿将来能嫁入豪门收回成本。即便如此，赫连嫁了家境不如自己的丈夫，父母也没有异议，只求她幸福快乐。从小备受宠溺的赫连在中产中过得风生水起，试穿一线品牌的服装时，坐在第一排看秀时，五星级酒店喝下午茶时，颇有点自己就是豪门的信心。

夏秋是寻常人家的女儿，但因为工作的关系，人际交往集中在豪门阶层，在这些人群中她从来都是底层，无法不拘谨，无法不谦逊。很多人都抱着前男友的母亲那样的思想，自己捏捏泥巴做点瓷器赚的小钱入不了他们的眼，根本连你这个人都瞧不起，怎么瞧得起你的作品？投资也好、收藏也好，并不是真欣赏艺术，只不过是跟风玩玩罢了。

不要说夏秋的家境，就算是赫连、陈萱的家境——家住别墅、几家商铺、一点实业，拿到这些人面前也没法比。

赫连不是没想过天外有天，可她的思维里，那些豪门毕竟是少数，也就百来个吧，自己还算过得很好。听夏秋这么说，想想也对，何止百来个呢？

“你说这些富豪，平时都出没在哪里？为什么我就一个都见不到呢？”

“在应酬，在陈骁要开的那种高级会所里。”

“两万个豪门，应该有不止两万个富二代啊，为什么我想找一个就这么难？一个都碰不上。”

“陈骁，陈萱的结婚对象，还有尹铭翔不都是吗？这么小的圈子都有三个了。”

赫连翻翻眼睛想了想：“对，你不说我还真忘了，尹铭翔。他太没有富二代的存在感，都因为他爸心里只有钱。”

夏秋被逗笑了：“干吗这样说人家。”

“真的呀。”他家和我家简直截然相反，赫连这么想，“他爸就是那种赚了一个亿，会投两个亿去买下一块地的人，永远都缺钱，赚了多少都不会拿出来过日子。尹铭翔开的车、他妈妈穿的衣服拎的包，哪一样匹配得上他爸的身价啊？什么时候他爸退休了，他们家才能变成豪门。”

“管人家的事呢！”

“和你也有点关系啊。”

“有什么关系？”

赫连挠了挠头，小心翼翼地问了出来：“真不打算复合吗？”

夏秋不作声了。尹铭翔虽然没什么富二代的存在感，不泡吧，不吸毒，不挥金如土，没有坏习气，可他自知之明却是不缺的。他知道自己的定位，多少女孩哭着喊着求交往，而他年纪尚轻，不急着考虑结婚成家，夏秋最在意的归宿他暂时给不了。来日方长，一时半刻的靠近还是远离都显得没有意义。

而站在夏秋的角度，明明是念着旧情，在外人看来却与想攀高枝的拜金女无异，这份屈辱感可是比当面问能不能当“枪手”更甚，自尊心阻碍着她无法更加主动。

## [四]

几个闺蜜中，陈萱是近期感情生活最顺利的，整个人陷在热恋里，成天脸颊发烫都没缓和过。可别的方面却出了个不大不小的岔子。

有一天在王旗家和哇哇闹着，不小心被挠了一下，手破了点皮，王旗也被吓得没了主意，急忙打电话请教“养狗专业户”李禾多。

禾多急匆匆赶到现场，一看她伤势就笑了出来：“我还以为伤成什么样了！大惊小怪的！你这只是蹭破点表皮而已啊。”

“会得狂犬病吗？”任凭禾多怎么笑，陈萱还是愁眉不展，“听说狂犬病死亡率高达百分之百啊。”

“你又没流血，不会得狂犬病的。”

“没流血就百分百不会吗？”

禾多指着哇哇说：“狂犬病也要有病源哪，你看哇哇这可爱劲，像是得狂犬病的狗吗？他自己没狂犬病，怎么传染你？”

这说法好像依旧无法让陈萱信服，就连哇哇的主人王旗也是将信将疑。

禾多实在拿她们没辙，摊着手妥协道：“你要不放心，就去医院打狂犬疫苗吧，48小时内打了绝对死不了。”

这回陈萱毫不迟疑，像领了圣旨似的抓起包就往医院跑，寻思着哪怕只求个心理安慰，也总比冒险丢了命好。

禾多无可奈何地跟上出租车，在车里给她俩讲笑话缓和情绪，可两人的神经自始至终都紧绷着，连话也不太敢说，仿佛车开得慢点就可导致陈萱死于非命似的。

禾多叹口气："唉，像你俩这样，不了解这方面知识，又不做足功课，遇着点芝麻绿豆的事就神经过敏的人，压根儿就不该养狗。"

两个人还是紧绷绷的，不接话，直到到了医院，针管扎进血管里，才稍微松了口气。

医生说狂犬疫苗可不止一针，剩下的药剂得回家放冰箱，隔一阵再来打。虽然觉得比想象的麻烦，但陈萱没打算怠慢。

回家的路上，禾多用手机上网，给她们读狂犬病防治中心的留言板。好些神经过敏得厉害的留言，比如"在餐厅吃饭，旁边有只狗在叫，我感觉它的唾液能喷到我身上，我会不会得狂犬病快死了"，医生都回复"你先出门右转治一治精神病再说"。

陈萱和王旗终于笑起来，却没觉得自己和那些人其实是一个性质，差别只在于情节轻重罢了。

[五]

"狂犬病风波"后隔了几天，再一次听到陈萱的消息时，禾多惊讶得从床上蹦起来，直接给大家轮番打电话。

"夏秋你快看微信！"

"嗯？"那厢似乎还没睡醒。

"看朋友圈！陈萱要结婚了！"

"什、什么？"终于醒了。

夏秋马上掐了电话，打开微信。陈萱po了一张戴着钻戒的照片，配文只有几个字：在结婚登记处。

为什么用如此平静的语气描述如此爆炸性的新闻?

夏秋考虑到离四月还早，满腹狐疑地给禾多回拨回去：“真的假的啊？”

“我也想打电话问问，可她一直占线。估计是真的吧，应该不会拿这种事开玩笑。”

“可是也太突然了，那男人只听说是个‘霸道总裁’，我都还没见过呢。”

“我也没见过，这才认识几天啊？”

“陈萱不会是奉子成婚了吧？”

“不可能，上周还打狂犬疫苗来着。怀孕的人应该不敢跟哇哇疯闹。”

“哇哇咬她了？哇哇会咬人？”

禾多有点着急夏秋的重点怎么这么容易跑偏：“不小心挠了一下，都没见血。哎，我不跟你纠结这个，我得去王旗那儿探探消息，挂了啊。”

结果是谁也没有陈萱要结婚的消息，不知为什么，这家伙一点口风都没露，突然就扔下一个重磅炸弹。按性格来说，她也不像是闪婚人士，王旗、赫连那两个冲动不着调的闪婚倒可以理解。

除了“确定已领证无误”，陈萱也没时间和她们电话里详述，闺蜜们心急得像热锅上的蚂蚁，一整周连上班都坐立不安。好不容易撑到周末，陈萱终于百忙之中抽空出来和大家喝了下午茶，顺便满足爆棚的好奇心。

对于“怎么会突然闪婚”这个问题，她却给不出什么令人信服的解释，“那天吃着饭，他跪下求婚，我太激动就答应了。第二天兴奋劲还没过，他来接我上班，突然就提议去领证，我也头脑发热，就这么带上户口本直奔市民中心去了。”

“所以，就只是头脑发热？”赫连难以置信地撑着脸，脸上写满了“真见鬼”。

“嗯。否则还能怎样？得了‘今天不结婚就会死’的病？”陈萱说得理直气壮，看来是至今没对这决定后悔，“现在就是办婚礼的事有点着急，对方父母也头脑发热，说是最好月底就举行婚礼。”

“那怎么可能？”结过婚的赫连现身说法，“光是订酒店就得提前半年。”

“那倒不用，他妈妈打了个电话，酒店就订妥了。”

“好吧，”赫连翻了翻白眼，“豪门就是豪门。”

“禾多、王旗和夏秋能来做伴娘吗？”

禾多、夏秋表示没问题，王旗追问一句：“伴娘要比正常人多给多少礼金？我得算算工资够不够。”

“伴娘不用给礼金。”陈萱说完，王旗立刻兴高采烈表示“别说是伴娘，赴汤蹈火也愿意”。

唯独赫连不太开心：“为什么单单把我排除在外，我惹你了？”

“伴娘得是未婚少女啊。”几个小伙伴异口同声。

哪壶不开提哪壶，这下就更不开心了：“真讨厌，我们的友谊走到了尽头，拜拜！”

[六]

准备婚礼的过程，比陈萱想象得更为琐碎劳累，好在她的兴奋强烈而持久，足以支撑她满心欢喜地与婚庆公司讨价还价商议细节。唯一让她觉得有点烦恼的是，在这场婚礼中，婆婆扮演的角色好像总让人不是滋味。

夫家的家庭情况有些复杂。丈夫的生母在他一岁时早早因病过世，之后，公公娶了现任妻子，并再育有一子，兄弟俩年龄相差不多，丈夫自有记忆以来一直视继母为母亲，并无隔阂，甚至比一般儿女更有孝心，对这位继母可谓百依百顺。

因为公公当年是二婚，并没有隆重地办过婚礼，这位婆婆心有遗憾，所以在陈萱的婚礼筹备中异常积极，大包大揽，仿佛在弥补自己内心的空缺。起初陈萱还觉得有人帮忙挺高兴，可过了几天就觉出不对劲。

婚礼的主题， 陈萱原本是心仪童话式的。可婆婆喜欢张扬的正红色，说是正统大气，根本不考虑陈萱那梦幻的小资情调，武断地直接和婚庆公司敲定了主题。这也罢了，毕竟场面上的事的确也该考虑父母一辈的面子。

婆婆却有点得寸进尺的意味，事无巨细都要插一手，连陈萱喜欢的水晶婚鞋也予以武断否决，说那不上档次，非要更换为她自己喜欢的手工珠钉的婚鞋。

陈萱从高中时就梦想将来能穿上Vera Wang的婚纱，试穿梦中嫁衣的时候，那种不真实的幸福感几乎要将人击倒。

可是婆婆望着她，撇了撇嘴：“不太适合你。”

“啊？”陈萱好像一下子从云端掉到了地面。

“小萱你胳膊上肉多，这么穿显胖，只有妈妈真心希望你好看，才会对你说实话。”她坐在沙发中悠闲地抿了口茶，再抬头对已经石化的陈萱继续说道，“下午妈妈带你去熟识的店，给你好好定做几套中式婚服，那些师傅可都有几十年的经验，比这华而不实的新设计师强多了。”

“可是……”陈萱面露难色，“我还是喜欢这种类型的，我从小……”

婆婆挥手打断她的话：“傻孩子，你想想看你平时买衣服，是成衣贵还是高定贵？定做的东西总是最适合的，那些成衣，说白了都是些廉价货，上不了台面的。”

陈萱心中郁愤，嘴上又无法反驳，只好将求助的眼神朝丈夫递过去，谁知那人笑眯眯地帮着劝道：“妈说得有道理，虽然你穿什么都漂亮，可是量身定做一定能更突显你的优势。”

从主题到婚鞋再到婚纱，无一不是实践着婆婆的理想，什么到最终都是依她的主意来办，压根儿不关陈萱什么事。

这到底是谁的婚礼？

## [七]

将要结婚却得不到梦中婚礼的人烦恼丛生，而对于另一些人，也许不管风格无论主题，只要能得到一个婚礼就是最大的满足。

赫连是周日把婚纱照领回家的，父母都没上班。当她堂而皇之地扛着巨幅相框穿过起居室，本来正看着电视的父亲惊讶得目瞪口呆，眼神一直跟随。和父亲比起来，母亲更是行动派，直接追进卧室：“你疯了吗？搬婚纱照回来干吗？”

“夏秋给我拍的。”

“我不是问这个。事情都到了这个地步，你还拍什么婚纱照？这、这像什么样子！”

“有什么不像样子？没结婚就不能拍婚纱照了？有那么多人逛着街看着漂亮就进店里拍个照，难不成都犯法了？”

“可你，你又不是没结婚，你是离婚。你把这照片挂家里，不觉得心里硌得慌吗？知道的懂你随心所欲，不知道的以为你离婚受太大刺激精神失常了。”

赫连终于怒了：“离婚怎么啦？我自己还没觉得多屈辱，你们一个个开口闭口说离婚离婚还有完没完？我想离婚吗？碰上人渣是我的错吗？离婚就被判死刑了？还让不让人过日子了！”

女儿声嘶力竭的吼叫把母亲吓坏了，她什么也没说，只像见了鬼一样赶紧闪出门去回了起居室。

赫连“砰——”一声重重地摔上门，转身趴在床上声嘶力竭地哭了半小时。

也才二十多岁，年轻美貌，却是人生第一次感受到前景迷惘。没有结婚时觉得怎么折腾都不为过，未来有无穷无尽的可能。离婚后却像突然贬值了，即使自己没心没肺不在意，周围人也不断有意无意地提醒，让人恐慌。

哭累了，赫连从包包里翻出手机，找到陈骁的电话，擦干眼泪清了清嗓子，确认自己音色恢复甜美后，给他拨了过去："喂？是陈骁吗？我是赫连瑛。夏秋的朋友，前不久一起吃过饭……"

"夏秋？"对方的语气起初有些困惑，不过很快就反应过来，"……哦哦！夏秋！赫连瑛啊！我记得我记得！你等一下，我这边有点事，办完后我给你回过去。"

虽然对方是个冷漠生硬的富二代，眼里只认钱，没有半点人情味。但如今的赫连已经无暇再考虑性格或感情，眼下如果能想办法嫁给他，什么气都能争回来。

挂了电话后，赫连一直握着手机坐在床边发呆。每一次手机振动，全身的神经都被调动起来，可每一次希望都落空，不是中介广告就是天气预报。

不知陈萱是否告诉过她堂哥自己离过婚，所以他才没兴趣回电话。

抑或是上次夏秋的拒绝把他激怒了，连自己也受了牵连，被拖入了"不交往"的黑名单。

若不是这两种情况，凭自己的长相和谈吐，他不该放自己鸽子啊。

赫连分析后一种可能性更大，陈萱现在应该没空去和堂哥传播好朋友的感情八卦。

她并不知道，陈骁很忙，早把夏秋忘到九霄云外，更不用提特地去和个无名小卒生气，倒是赫连这个突如其来的电话让他想起了那个在自己面前平静又温和地说“不”的姑娘。

## [八]

和前男友交往时，认识了他朋友的妻子，如今分手了，那位太太竟然还约夏秋一起玩。关系有点让人尴尬，可夏秋整天窝在家里没事做，交际面又少了一大半，闲着也是闲着，那位太太人非常好，是个值得交往的朋友，夏秋便大大方方盛装去了。

应酬结束已是晚上十点多，夏秋打车到修路地点后步行回小区，高跟鞋磨得脚后跟有点疼，走得缓慢艰难。单元楼下路边停着一辆没熄火的奔驰S65，夏秋不禁往那个方向多看了两眼。

上次和陈骁会面时她印象特别深刻，按理说陈骁比陈萱家境好得多，但他开的是奔驰，不像以往接触的那些富二代动辄宾利、法拉利、阿斯顿马丁。正由于这个原因，夏秋并没有太介意后来他对自己提的无理要求。陈骁是个商人，成熟并且实际，他只是抱着认真的态度来谈生意，自然不会考虑人情。

车后座的人突然开门走了出来，夏秋正晃神，差点撞上去，吓了一跳。

等回过神又忍不住笑起来，来人正是陈骁。

陈骁见她兀自笑，觉得有点莫名：“怎么啦？”

夏秋掩起嘴，摇摇头：“没什么。怎么会在这里碰见你？”

“我在等你回来啊。”陈骁带着歉意回头看了眼司机，又往后退了半步，“突然造访，不好意思，我晚上喝了点酒。”

“还清醒吗？”

“早清醒了。”

夏秋走到前面去：“找我有事吗？要不要上去坐坐？”

“不用了。太晚了，你早点休息。”陈骁摆着手半个身子靠在车门后，“我就是来跟你说一声，我要订你六块瓷板，就按你开的价。”

夏秋淡淡地笑着：“我上次说过，我不做。”

“你做，署你的名。”

女生纳闷地挑起眉：“可我不是你要的国家级大师。”

“你总有一天会成为国家级大师的吧？”

怔了两秒，女生点点头。

“作为生意人，不就应该投资潜力股吗？”陈骁说。在路灯下，他的脸颊很明显还泛着红。

夏秋觉得他的酒应该还没醒。

## [九]

王旗和禾多后来都提前见过陈萱的丈夫，只有夏秋因为种种原因，直到婚礼当天才终于见到这位神秘男士。和想象中不太一样，不是陈萱以前交往的男生们那种瘦瘦高高长相清秀的类型，可能频繁健身，看起来有点壮实，衬得原本就娇小的陈萱更加小鸟依人。

夏秋心里有一点感慨，原来在遇到真爱时，一切预设的择偶标准都是虚弱无力的。

那个从小我行我素、为所欲为的陈萱，身穿绣着繁复花纹的锦缎礼服，脚踏珠钉丝绸的高跟鞋，穿过一片红色的花海，完完全全变成他喜欢的模样，依然美丽，笑容也依然灿烂，谁说妥协不是幸福？

去尝试新的style未必是委曲求全。

固执地抓住那些折磨人心、空耗时光的旧情紧紧不放手，有时反而未必美满。

有一天，在闺蜜的婚礼上，你一回头，看见自己心心念念不忘的那个人挽着满脸笑意的年轻女孩，心理的滋味用五味杂陈来形容都不够。

“长得也太丑了。”

“就是！比不上夏秋万分之一！”

“还穿Valentino来参加婚礼，她以为她是谁啊，抢新娘风头？太没教养了。”

“好人家的姑娘是不会这么张扬的，肯定是个拜金虚荣女。”

新娘以及伴娘团纷纷同仇敌忾，对尹铭翔这从天而降的新女友表现出最大程度的敌意。夏秋却是目光飘忽，始终沉默，一个字也说不出。

在这个社会上，文艺是行不通的。

怎么又忘了呢？

早就应该学会去拼，去抢，不择手段去主动争取，而不是坐以待毙。当爱情遇上物质，从来就不该退避。糅杂了物质因素的爱情也是爱情，再肮脏再卑微一样可以理直气壮，只要犹豫地垂下眼转过头，哪怕只是一瞬间，也许就永远都失去了有情人终成眷属的机会。

可是这一刻，夏秋实在无法去直视他所在的座席。

她怕自己成为在别人婚礼上当众落泪的伴娘。

十年后的闺蜜与十年前已截然不同，但当她们想追忆、想挽留，面对不太温柔的世界受到伤害后想找一个安全的避风港时，她们还是会回到原点。

[一]

在人群中你不难时常遇见这样的女生——

她们拉不下面子拒绝讨厌者的借款，只是在事后没完没了地向与此无关的朋友抱怨后悔。

她们没有勇气与影响自己休息的室友翻脸，只是宁愿打电话到都市心理热线倾吐烦恼。

她们在男友移情别恋时呆若木鸡毫无反击之力，从不懂得如何驱逐第三者，只擅长迅速收拾自己的行囊转身离开。说得好听是吃一堑长一智，其实也不过是落荒而逃。

没错，有很大一部分女生都是如此纠结与矛盾，她们的懦弱无法回应她们的愤怒。

夏秋是个感性的人，否则她不会选择这样一份孤独又安静的工作。

但即使从一开始就下定决心避世自处，她还是不可避免地吃了很多苦头。

每次只要心软犹豫、顾念旧情、想走回头路，就会受到伤害，无一例外。三番五次，终于心肠也硬了起来。不过在心肠硬的领域，她还是个初学者，不仅懦弱，而且稍有不慎就重蹈覆辙。

陈萱婚礼后的第二天，夏秋就去景德镇做陈骁给她下的订单了，闺蜜们连她面都没见上，更别提践行，但大家其实都明白原因。

赫连想不通的是，她感觉尹铭翔心里除了夏秋明明从来走不进别人——这也是无论她再怎么想钓富二代都不会把尹铭翔作为考虑对象的原因，这半路杀出的新人无名小女友是怎么回事？

“我不喜欢她的眼睛，一看那欧式平行大双眼皮就是整的，眼角也开了，卸了妆根本没法看。”在男闺蜜面前，赫连半是公正半带私心夹枪带棒地攻击着那位新女友。

尹铭翔也不恼，慢慢抿着咖啡笑：“这你也看得出？”

“外模野模车模嫩模在我们这行整天见，全都快整成一个爸妈生的了，能看不出吗？”

“反正我也不看她卸妆。”

“这还能算女朋友吗？你就打算谈着玩玩？不想结婚？”

尹铭翔干笑两声：“她很简单的，只要送她首饰和手袋她就很开心，不会考虑那么长远的事。”

这和那些模特有什么区别？赫连腹诽。“她的心理我倒是理解，不敢奢求那么多吧。可你又是图什么？人家夏秋留在上海等你这么久……”

“什么？”男生这才突然收起玩世不恭的态度，变了脸色，“什么意思？什么叫‘夏秋留在上海等我这么久’？”

“陈萱给她介绍了工作她也没积极去，好像就是在这儿等你回来。”

尹铭翔不止一点困惑：“为什么要等我回来？她男朋友呢？”

赫连这才意识到尹铭翔的消息严重滞后：“对了，你还不知道他们分手了？”她拍着脑门，“天！没有人告诉你吗？”

“什么时候的事？我完全不知道啊。你怎么不告诉我？”

“我以为你肯定知道啊！”仔细回想起来，夏秋和男友分手是发生在尹铭翔去杭州出差前后，这件事太重大，以至于没有人会想到尹铭翔不知情，可偏偏他就压根儿不在场。

赫连简要向他概述了前因后果，然后用无比同情的目光注视着他。

尹铭翔发呆十来秒，突然推开咖啡站起身：“我去景德镇找她。”

“哎！你等等，”赫连揪住他衣袖把他拽回座位，“你打算怎么跟夏秋说？”

“当然是直接跟她告白叫她回来。”

“我觉得不合适。你想想，经过她前男友这件事，她现在该有多讨厌脚踩两条船的男人？去景德镇之前，你还是好好把现女友的关系处理一下，别到时候劝回了夏秋又把她卷进什么纠纷。”

尹铭翔毫不放在心上："能有什么纠纷？那女孩聪明着呢，自己知道分寸，没那么高期望。如果不是个好收场的人，我也不会找她。"

赫连却依然担忧，怕就怕那女孩过于聪明，深谙在尹铭翔面前如何假装神经大条，让他误以为自己可以掌控全局。面对尹铭翔这样的人，还真没有几个女生"好收场"。

[二]

夏秋经常会有那么点戏剧性的期待，比如期待与尹铭翔复合，不能说没有对虚构类作品中常见的"圆满结局"的憧憬成分——在绕了一大圈之后，男主角和女主角还是终成眷属，如初恋般美好。哪怕是另一个极端——男主角与女主角抱着淡淡的遗憾相忘于人海，也别有一番悲情风味。

但是现实中却有这么多不可控的因素，它们拖着事件往鸡零狗碎烟火世俗的方向发展，挫败感和疲惫感消磨了回忆，到最后，多半既不圆满也不凄美。

是的，生活没那么美。

在夏秋的世界中，男女主角当然是尹铭翔和自己，何曾想过在别人的世界中，她却成了阻碍剧情发展的多余者。可以想见这天她接到这突兀的电话时是多么惊诧。

对方平淡地自我介绍——我是韩俐颖，尹铭翔的女朋友。

语气自然，仿佛他们不是刚开始恋爱而是已经结婚十年的老夫妻。甚至让夏秋产生了自己是个意外闯入的第三者的错觉。

尹铭翔对夏秋的恋恋不舍，使他在展开新恋情时仍情不自禁提起前女友。牵着新女友的手穿过马路时天突然阴了，他就想起了夏秋：“前任提出分手的当天下着暴雨，我给她打了十几个电话她没有接听，也没有回复，那时候我非常肯定她应该是变了心爱上了别人。直到分手之后很久，她室友才说，那天她哪儿也没去，什么人也没见，一直坐在寝室里看着窗外下雨，手机早被调到振动，但就那样一遍遍振动，不接听，全寝室都知道是怎么回事，不敢对这件事发表任何意见。她很擅长折磨自己，并且让别人误以为她过得很好……对不起，我不应该提这些。”

对面的女孩微笑着表示体谅，还赞叹只有重感情的人才会如此念旧。

这些年他没能谈一次正经、长久的恋爱，这也是重要的原因——他总是在新的恋情中回味过去的温柔。世界上没有女生能容忍男友一遍又一遍地讲前任的故事。但眼前这位是个例外。

尹铭翔把例外的原因笼统地归于“她没有太多奢望”，但其实，她的野心并不仅仅局限于谈个恋爱。她把听这些故事当作看电视和读小说，置身事外却乐在其中，在其中悟懂了尹铭翔，也开始对夏秋了如指掌。

夏秋这个人是多么文艺，多么容易心软，自尊心多么强，道德感有多么强，她早早地摸了个透。

她虚构了悲伤的情史，让受过伤的夏秋感同身受，打的是苦情牌：“……从看见尹铭翔第一眼我就认定了他。虽然不太有激情，却是那种踏实的幸福，我们的爱情可以说很完美，直到那天晚上遇见你。他跟我说了一些过去的事，我能感觉到他还留恋过去的恋情，留恋并不一定就是因为爱情，大多数情况下还是因为不想打破习惯。但我不能因为迁就他的习惯就开始谈三个人的恋爱，这些纠结的关系如果现在糊弄过去，很可能就成为一辈子的症结。我不知道你是不是和他有同样的感觉，我也没有立场对你要求些什么，我只是建议你们暂时拉开距离，给对方一点空间做正确的决定。”

韩俐颖没有宣战，但夏秋已经输了，“三个人的恋爱”六个字就能让她落荒而逃，因为自尊心不允许她陷入这类窘境。一旦发现恋人即将做出选择，她就会主动退出，她不想“被选”。

所以当尹铭翔忍不住给她打来电话时，她已经做好了把对方逼上唯一“正道”的决定。

“……你好吗？一个人会不会很孤独？”

“这么忙怎么会孤独？”

“又不是24小时工作，不是也有不工作的时候吗？我想象不出你那里的情况，是不是那种没什么娱乐活动的小县城，我们远在这里又帮不上什么忙，其实我在想……”

“说起帮忙你倒是提醒了我。最近有个人在追我，我感觉挺好的……”

这话完全出乎尹铭翔的意料，使他不得不把“我在想去景德镇看看你是否合适”这句下文咽了回去。

“只是他妈妈因为一个小手术住院了，我好像应该去探病，可是这么一来就成了‘见家长’，这么一想又觉得发展太快了。其实我这次过来工作并不完全是为了工作，还有一部分原因就是逃避这件事，我实在是不知道怎么办，”夏秋低头轻声笑笑，连自己都要相信了这个情节设定，“我一直都不太擅长人际交往，你帮我想想，应该怎么处理？”

尹铭翔可顾不上怎么处理：“以前怎么没听你说起过这个人？”

“没出现多久啊。我也是刚和前任分手嘛，在你去杭州出差的时候。”

“……你自己喜不喜欢他呢？喜欢还想那么多干什么？谈恋爱又没有规定日程表，有什么发展快不快的？”男生明显变得气急败坏，他有一种受骗的愤怒感，赫连是故意瞒着自己还是也不知情，他暂时无法追究，这愤怒只能指向夏秋，但他很快冷静下来。有竞争对手不代表输了，缓和了语气的他说道，“工作结束你就早点回来吧，也把他带来给大家看看，让大家帮你把把关。”

挂断电话后，夏秋松了口气，总算没让对方听出破绽当场揭穿。这时她才顾得上回想，韩俐颖这名字感觉很熟悉，在哪里听过呢？

[三]

夏秋花了不少时间思考回上海后怎样“应付检查”，甚至考虑过是否应该在身边找出个男生帮忙冒充新男友，但计划永远赶不上变化，在异乡埋头工作了十多天之后，她意外遇见了故人。

遇见的过程其实很寻常。一天中午和同伴在一家很小的家常菜馆吃饭，三十来平米的店面，几张方桌间几乎转不开，味道却是非常惊艳，如果不是当地人领路压根找不到这样的小店。吃了一半，小店的墙上突然开出一扇门，夏秋正感慨这么小的菜馆竟然还有个包间，下一秒就因走出一个熟人而愣住。

陈骁的身高在狭小的店堂里显得十分突兀不协调。他掩上门，转过身，就也看见了她。脸上倒没有出现意外之色，他冲她笑一笑，走到她身边，从隔壁桌顺手拖来一把椅子坐下，和她的朋友一一打过招呼，在这一伙年轻女孩闪亮的目光中，把夏秋带出店外。

“怎么会在这里遇见你？”

“我是来找你的。在这儿已经待了几天了。来之前想象中应该是个小镇，敲开一户人家问问‘夏秋住哪儿’就能找到你。来了才知道这么繁华，根本不可能用那种方式找到你，我真无知。”说到这里他不好意思地低头笑起来，“所以我先住了下来，好在这地方不大，遇见也不难。”

“你可以打电话给我啊。”

“那不就没有惊喜了吗？”

“……可是，你找我有什么事？”这样千里迢迢跋涉而来，像是有急事，到了目的地却又不紧不慢原地逡巡，只为了一个惊喜？夏秋不仅困惑，困惑中又隐约有一些明白，脸颊不由自主地微微发烫起来。

陈骁笑着说：“可能是想监工吧。”

短暂的午休时间后，陈骁提出想参观她的工作室，夏秋表示自己工作进行到一半并不希望给别人看半成品，许他等作品完成后来看，陈骁没有坚持，两人就暂别了。

回去后她一边工作，一边逐字逐句地回忆刚才的对白，找不出表白在哪里，一切都非常自然，也非常令人愉快。

晚饭是夏秋约的陈骁，第一次电话拨过去，对方关机，系统提示音说已来电提醒。女生挂断电话，用手背为自己持续发烫的脸颊降了降温，转身回工作台和同伴说说笑笑，同伴说她脸上都是小女生的表情，一定和中午见的那个人有关，该不会就是传说中的男朋友?

一起工作的同伴并不知道那么多分分合合，只知道夏秋有男友。

她没有承认也没有否认，不想详细解释，也不想和朋友分享感受，只是自己开心，因为太开心而有点忧虑，但终究还是笃定。她没有再拨第二次电话，知道对方一定会回电。

这才刚开始有了点浪漫。

## [四]

虽然成长过程中有掩饰、伪装、谎言和评头论足，十年后的闺蜜与十年前已截然不同，但当她们想追忆、想挽留，面对不太温柔的世界受到伤害后想找一个安全的避风港，她们还是会回到原点。

年初六这天最适合闺蜜聚会，取消了婚礼的赫连瑛在年假期间遭尽亲戚幸灾乐祸的冷嘲热讽，洒脱不羁的王旗终于被父母逮住机会连念了整个假期的“找对象”紧箍咒，李禾多面对一屋子素质堪忧的穷亲戚，不得不对乱吃乱拿乱破坏的熊孩子严防死守，夏秋过年才回了上海，但她也没能成为聚会的主角。因为本应还在热恋蜜月期的陈萱是嚷嚷着“分手”进门的。

对此，禾多评论道：“都怪赫连开了个坏头。”

“关我什么事，不幸的家庭各有各的不幸。”赫连耸了耸肩。

“到底怎么回事啊？”

“怀了蜜月宝宝，本来挺高兴的一件事。可婆婆非说打了狂犬疫苗不到三个月不能怀孕，让我打掉。”

“打了狂犬疫苗不能怀孕吗？”夏秋有点好奇。

禾多点点头：“确实不好，可是既然都怀上了，可以等到五个月做排畸，到那时再做决定也不迟啊。”

“可婆婆又说排畸也可能有遗漏，可能有出生前排除不了的疾病，排畸没事不代表真的没事，生出来孩子畸形一辈子都受拖累，非要我马上打掉。”

“怎么这样！不能听她的！凭什么听她的！”王旗立刻义愤填膺起来。

“我妈和你反应一样，坚决不同意我把孩子打掉。所以现在两家大人吵得不可开交，我妈一气之下要把我领回家，说索性离婚，孩子自己养。”

“你家先生怎么说？”

“他都听他妈的。”

“怎么这样！最讨厌男人没主见了。”

“也不能怪他，他不是他妈妈亲生的，但是他有记忆以来一直是这个养母照顾他，正因为不是亲生的，反而要比正常的孩子照顾得更好，对弟弟还没有对他好。所以也正因为不是亲生的，他更要知恩图报、对养母孝顺。关系有点微妙。”

女生们一时都没了主意。

“知恩图报是一回事，愚忠愚孝是另一回事，她妈妈无理取闹，怎么能言听计从？”禾多说。

夏秋附和道：“就是！”

尹铭翔是在禾多说话时才到的：“什么‘愚忠愚孝’？”

赫连白了他一眼：“迟到大王没资格追剧情。”

“你们不是在讨论婆媳话题吗？”男生笑嘻嘻落座，“就算我来了也插不上嘴啊。”

他一边说话，一边往夏秋的方向扫一眼，女生没看他，但并没有如约定的那样带来男友，心想她果然是虚张声势，但这样也让人高兴。心里盘算这些的时候，话题早已从婆媳绕远了。

王旗自陈萱婚礼后就没有再见过尹铭翔，自然对他的小女友好奇：“女朋友呢？怎么没一起带来？”

“别提了，都分了。”男生摆摆手。

“哈哈最近是分手季吗？”赫连装作不知内情，笑得没心没肺。

“怎么了？”

“也没交往几天，对方父母突然逼婚了，闹得莫名其妙，最后到了不结婚就分手的地步。”

夏秋顺势追问：“那你怎么不结婚？”

尹铭翔抬眼看她，用自然的语气说："没办法心里爱着另一个人去结婚。"

本来在场的都在嘻嘻哈哈，谁知来这么一句深情的，一时都安静了。

夏秋愣了一秒，意识到他指的是自己，脸色陡然变了，说话也忘了婉转，"我被求婚了"五个字脱口而出。

接着脸色突变的换成尹铭翔。

"什、什么时候的事？"他四下扫视，几个女生都面面相觑、欲言又止，看来都已知情，唯独自己是个局外人，不由有些恼怒，追问到："对象是谁？"

王旗很尴尬，好像自己犯了错，指着陈萱说："陈萱的哥哥。"

尹铭翔看向陈萱。

"我也是年初二才听我哥说的，事先……也不知道……"

"为什么唯独不告诉我？"

禾多赶紧接话："怪我，我跟她说你刚和女朋友分手，情绪低落，让她晒幸福时避开你。"

这驴唇不对马嘴的！尹铭翔一腔怒火没地方出气，也不顾面子了，当下就离席而去。

赫连跟出门拉他，被他反呛一句。

"怎么你也瞒着我？"

"我哪儿知道？我也就比你早知道三十分钟，就刚才听说的。"赫连怕他不信，语气中有点发誓赌咒的意思。

男生盯着她诚恳的眼睛发了几秒钟的呆，终于接受了这个现实。怒火没了，人就有点颓丧，生出哀怨："都怪你，当初我要是立刻就去景德镇，现在怎么会节外生枝？"

"我以为她一个人待在乡下，谁知道陈骁会追过去？不过，你也别泄气，没什么大不了的。她刚被陈骁追，又被求婚，难免头脑发热，可说到底她爱的人还是你，你们这么多年的感情，陈骁比得上吗？"

尹铭翔长叹了口气："我也不知道她现在爱不爱我了。"

"别这样好吗！你男的女的啊？这么关键的时刻还有闲心叽叽歪歪，赶紧什么都别想把夏秋先抢回来，抢回来了你和夏秋以后怎么走是你们俩的事，现在打退堂鼓就没有什么以后了。"

赫连一直算是夏秋和尹铭翔这对的忠实拥趸，从前只是单纯觉得偶像剧般的情侣就该生活在偶像剧的世界中，现在又多了一点私心，她倒是觉得陈骁和自己才登对，和夏秋那样的文艺女青年怎么看怎么不搭调。

[五]

虽然陈骁和尹铭翔一个是自己堂哥，一个是自己死党，但陈萱这会儿可顾不上替夏秋做什么决断。聚会回家当晚，两家母亲的冲突终于到达白热化状态，陈萱妈妈平时一贯温柔得体，也忍不住砸了杯子，为了安抚双方情绪，陈萱只好跟着自己妈妈回了娘家，这一住就没有回去的意思了。

其间，丈夫只来看过一次，并没敢说接她回去，看他的意思，似乎暂时隔离了陈萱和他妈妈反倒省了事，这让陈萱凉了心。

陈萱从小就是敢爱敢恨，一旦开始恋情，准是掏心掏肺，毫无保留地付出，但每伤一次心，就淡薄一点，感情慢慢淡了，恋情就变得可有可无，最后总是这样散的。结婚以来，这是第一次伤心。

伤心之处不在于婆婆怎样无理取闹，而是面对无理取闹的婆婆，应该保护自己的人态度却模棱两可。

四个月时终于做了排畸，孩子什么问题也没有，但战争并没有结束，婆婆依旧不依不饶，陈萱也决定不去理会她了。

天气暖和起来，陈萱陪妈妈去香港购物，由于对孩子性别好奇，顺便就验了血，知道是个女孩儿后，陈萱通知了丈夫。奇怪的是在此之后，婆婆的态度突然180度大转弯，不仅隔三岔五打电话劝她回家住，而且经常开车来接陈萱下班，和之前那个歇斯底里要她打掉孩子的婆婆简直判若两人。

起初陈萱觉得心里毛毛的，猜测她是否只是改变了战略，想把自己哄回家偷偷在饭菜里下打胎药。时间一长又觉得不像是那么回事。

最后在一个双休日，婆婆终于带着给陈萱买的高级珠宝去了陈萱家，向陈萱妈妈道歉，要接她回家。陈萱还在疑惑，妈妈就已经应允下来，替她做主表示次日就搬回去。送走婆婆后，陈萱对妈妈有点恼："你怎么知道她现在有没有又动什么坏心眼？人家刚一道歉你就被骗了。"

妈妈笑了起来："怎么还能害你？你还没看出是怎么回事？"

不明白。从当初坚决要求打掉孩子就不明白，最近的态度转变更不明白。陈萱摇了摇头。

“你怀的是女儿，她已经放心了。”

“什么意思？重女轻男？”

“怕你的孩子成了长孙，基于这方面考虑，分家产时你老公多得一点而她自己亲生儿子就要少得一点。如今确定了是个女孩，威胁警报就暂时解除了，就算你将来还想生二胎，她亲生儿子也有机会赶在前面成家生个长孙。”

原来如此。家业太大，这么少少的几个人也能为了私利暗自较上劲。她不仅不记恨丈夫，而且反倒有些同情了，他一心一意尊重继母，可继母还是对他多有保留。陈萱没再坚持，顺势和他回去好好过日子，心却没有完全放下，新进门就折腾了如此一番，弄得心力交瘁，以后还不知该如何相处下去。

道阻且长。

嫁给一个人就是嫁给他的家庭，但融入一个家庭谈何容易。

[六]

与赫连不同，李禾多出身于工薪家庭，自己的生长过程中也没有出现过奇迹，走到今天，成为一个独立女性，有份令人羡慕的工作，全靠步步为营的努力。所以相对就没那么重感情。

她倒没有嫁入豪门的奢望，可是找一个家境比较富裕的人结婚，婚后过上无需挣扎在温饱线上的小资生活，这在她看来并不是不能成就的，只要她动动脑筋认真计算，就不是幻想。至于感情，不能说完全不考虑，至少要排在理性的计算之后。

禾多自己是这么打算的，也就顺便替夏秋这么打算了。

尹铭翔总给人靠不住的感觉，太浮夸，太戏剧，太爱演，明明是真心，却让人不知所措。相比起来，陈骁是踏实的目标，不虚无，不缥缈，身边有一个看得见的位置，这位置现在明确是留给夏秋的，真心待他就一定能得到真心的回报，这一生虽不波澜壮阔却也不会情变家散。在禾多的判断中，陈骁才是合格人选。

在这件事上展现的分歧，也许并不如表面所展示的那样——赫连和禾多各执己见都想左右夏秋。更重要的是，从一开始她们已拥有的人生与所憧憬的人生都不同，有一天终于针锋相对起来。

“夏秋走之前，我们再一起吃顿饭吧？”赫连提议。

“这次别叫尹铭翔了。”

本来就是为了给他制造机会，怎么能不叫他，赫连连忙说：“为什么不叫？”

“上次不欢而散你忘啦？”

“上次不是因为他暂时没接受突然打击吗？”

“唉，本来也就是女生聚会，每次都叫上他干吗？多一事不如少一事。再说尹铭翔老纠缠夏秋，让陈骁知道了也不好。”

“什么叫纠缠啊？凡事有先来后到，明明尹铭翔先和夏秋好，陈骁才是半路杀出的程咬金。”

“谈恋爱有什么先来后到？各自使出十八般武艺，谁得了心就是赢了。”

“是了，总有些人不择手段。”

不择手段？听起来和“十八般武艺”可不是一个性质。

“陈骁怎么不择手段了？不都是公平竞争吗？”禾多还只是纳闷，以为赫连知道一些自己不知道的内幕。

“哈，他那要算公平竞争，世界上就没有第三者了。”

“第三者？从何说起？”

“人家两人根本没整理好感情，他就装情圣无事献殷勤。”

禾多算是听明白了，赫连这是找陈骁的茬，想着她和夏秋的关系没有自己和夏秋关系好，但她和尹铭翔从小就是死党，这时竟然无视夏秋的幸福，偏帮尹铭翔到这种地步。这已经不是陈骁尹铭翔二选一的问题了，她已经分明站在了夏秋的对立面。禾多生气。

“所以说，再好的人也经不住双重标准的闲言碎语。有些人追自己喜欢的、没主儿的姑娘，还被认定为第三者。有些人不顾自己是小四还是小五就那么倒追过去，奇怪的是看别人时又能一秒钟变圣母。”

赫连被揭了短，有点恼羞成怒：“当然了，陈骁这点心机在有些人眼里可是小儿科，否则有些人怎么能一个富二代接一个富二代地交往，个个都被她吃定？”

两人的弦外之音都被夏秋听出。

夏秋不希望她们为了自己当场翻脸，赶紧打岔道：“你们挑好样式了吗？没挑好的话，干脆三个人做一模一样的指甲吧。”

赫连与禾多各自朝天花板翻了个白眼，暂时安静了。但几乎能听见彼此心中倒数计时的声音。

三，二，一。

禾多虽然本来没涂指甲油，但长期疏于保养，美甲师决定先给她拔拔倒刺做个简单的手部护理，进度反而比需要卸除指甲油的赫连慢许多。中间隔着夏秋，赫连远远瞥见：“你平时手霜也不涂的吗？”

——活得也太不精致了。

“平时哪有那个闲工夫，都忙着谈恋爱了嘛。”

——谁和你这个离婚弃妇一样没事干。

“真羡慕你，男朋友神经挺粗。林浩以前可注重这些了，我一周没做美容没做保养，他就给我充卡，催着我去。”

——你男友这种一点都不关心你的人，还不如林浩。

“林浩是情场高手，几个人能比啊。我家那位整天紧张兮兮的，就知道缠着我腻在一起，可不敢放我自己去玩。我出门一趟超过半小时他准要打电话问东问西，好像我会背着他劈腿似的，好笑吗？”

——林浩一点不紧张你，自己还劈腿，自然巴不得打发你去做美容呢。

“半小时都不放啊？那太夸张了！这么大男子主义，难不成结了婚要把夫人锁在家里？”

——你就等着做唯唯诺诺的黄脸婆吧，看你在家也没有话语权。

“哈哈，锁在家里倒不至于，他是比较黏我啦，我去哪里他都喜欢跟着。”

——这种出双入对的日子，你是无福消受了。

“那他可比你前任强多了，我记得那时候你前任为了逃避陪你逛商场，把银行卡全给你了，哈哈哈。”

——你才不喜欢这种居家男，还不是因为吃不起燕窝鱼翅才说麻辣烫美味。

“是呀，我算是明白了，钱不能解决一切问题，要不然有钱人怎么老找不到真爱呢？”

——像你这样的富家女现在可成没人要的烫手山芋了。

“说得也是，真爱真难看清啊，看看我，结了婚也没找到真爱，还是做单身贵族幸福。”

——像你这样还没结婚的就更难说了，走着瞧吧。

夏秋的脑子已经不知在第几句就早早死机了，彻底跟不上两人思路，只能感觉到两股气流分别从左右两边拉扯，快把自己从中撕裂。为什么从两个闺蜜间做个决断比二选一挑男友还难十倍呢？真怕她们最后当众打起来。

在唇枪舌战中，憋了长长的一口气，夏秋小心翼翼地问：

“那个……我们，再一起修个眉吧？”

# Masque Chapter 9

没有人在乎你的感受、真心、爱情，
没有人祝你幸福，
他们都认定，如果你幸福，
其中必有蹊跷。

[一]

年假很短，还得赶回去继续完成工作，夏秋只在上海待了几天，走之前没忘去商场帮妈妈买护肤品和粉底。

上次回家时，妈妈说用了随便在超市门口买的粉底，突然长了不少斑，问夏秋用的是什么粉底，想借一半。夏秋翻出最贵的粉底，自己只试了一次，全给了妈妈。这次回家妈妈说这粉底真好，就是快用完了，到底是什么牌子，不知去哪里买，问楼下王阿姨，她也说没见过。

夏秋很高兴，从前她给妈妈买几万元的高级护肤品，得到的反馈总是效果普通，其实她也明白，再贵的护肤也不过求个心理安慰，随着妈妈日渐衰老，皮肤肯定一天不如一天。但是唯有当她拎着沉甸甸的纸袋，把远远超过其功能价值的瓶瓶罐罐捧到妈妈面前，才能感到踏实。

如果说妈妈的需求只有60分，那么自己不做到600分根本无法安心，这种事，无法以百分制来度量。

等待专柜小姐把三瓶粉底液包装起来的时候，夏秋找椅子坐下，随手翻翻微信，闺蜜群里陈萱、赫连和禾多在议论最近的地王项目，开发商用101个亿拿下了150亩地，准备建城中豪宅。

“我家那位说等换新房就买在那里，现在虽然房子够大，但我和公婆一起住实在有点不方便，结了婚就应该组建小家庭。”陈萱说。

禾多附和道：“那我结婚时新房也买在那儿，我们做邻居吧。”

“那太好了。”

赫连有点不服气：“禾多，这房子可不会便宜啊，光土地成本就得5万，最后开盘房价怎么说也得9万一平了。”

“才9万，不贵呀。我和我男朋友上周去看的那个临河的，开盘就16万一平了。”这回答简直能把赫连气晕过去。

夏秋隔着手机屏幕就能想象出赫连歪嘴斜眼头上冒烟的模样，忍俊不禁。

退出时她才想起，王旗自始至终一句话也没说过，也许还没起床，也许是已经无法介入这样的话题。

夏秋叹了口气。

读高中时，夏秋的人生没有短板，虽不是最漂亮的，但也算长得美了；虽不是最会读书的，但也算成绩好了；虽不是性格最好的，但人缘也算非常了得的。她从没有想过要和身边的女孩们攀比些什么，没有可比性。

而现在，变成了用金钱作为衡量地位唯一标准的局面，自己的短板太明显了。原先明明是从父母手中接了一手好牌，如今却不仅自己过得辛苦，也没有太多的能力回报父母。

时间与精力这么少，想功成名就，想实现梦想，也想保护好自己单纯的内心，就无法在轰轰烈烈的爱情中折腾。

那么多奢望。

事到如今，夏秋只觉得累，只愿快刀斩乱麻。

也就是在前一天，由于尹铭翔一直坚持在夏秋家楼下堵她，夏秋躲不过，只好和他谈谈，却连个咖啡店、茶座都懒得找，更不想邀请他进门。

能分给他的时间就只剩这么多了。

夏秋站在比他高两级的台阶上低头问："心里爱着另一个人，所以无法去和她结婚，但是心里爱着另一个人，却能够心安理得地去和她恋爱，你是这个意思？"

尹铭翔原本觉得事态严重，此刻听见她这样的发问，语气中隐约流露出一点女朋友对男朋友的撒娇赌气，这样的语气，在交往时他曾经习以为常。心里紧绷着的弦竟然松了下来。

原来夏秋还是这么小女生，她在意的原来是这个，并没有比较陈骁和自己的前途——要知道那样的话自己可一点胜算都没有。如此一来，事情就变得容易多了。

尹铭翔情不自禁露出了笑意，却反而激怒了夏秋。

夏秋没等他回答："你的底线还真低。"

男生满腹搜刮能够应对的辩解，但他预备的回答中没有这条。其实他预备的回答中什么也没有，他只有一个"挽回夏秋"的执念，其他什么也没有预备好。

这次夏秋依然没等他狡辩，抛出了新的问题："你会娶我吗？"

"会。"男生连一秒都没有犹豫，自信满满这一定是能让夏秋满意的答案，却不曾想她根本不想要答案，连问题都是个陷阱。

"没办法心里爱着另一个人去结婚，所以只要不结婚，你和别的女人做什么都可以，而被你娶了的我就该一辈子感恩戴德是吗？"

尹铭翔哑口无言。

"夏秋你不要钻牛角尖。"

"不是我钻牛角尖，而是你的爱太廉价。"夏秋下了台阶，从他身边走过去。

和时光一起消失的，还有曾经百折不挠的执着。

[二]

晚上十一点多，李禾多正准备睡觉，突然接到尹铭翔的电话。

"……你知道夏秋说什么吗？她说我的爱太廉价。爱廉价？结婚证那一张纸就不廉价？结婚对你们女生来说就那么重要吗？那个人只不过求了个婚而已，他拿什么跟我和夏秋相识的十年比？”

隔着长长的电话线，禾多也知道他喝多了。

事实证明，尹铭翔找错了人。他只考虑到禾多能帮自己说服夏秋，却不想禾多根本不是站在自己这边阵营的人。

她从大学时代就认定尹铭翔不能给夏秋幸福。更何况她此刻既烦又困，两句话就把尹铭翔打发了。

“你别这样了。夏秋值得比你更好的人。”

尹铭翔听着通话切断后的忙音，有点错愕。

## [三]

待夏秋回南方完成了全部工作再回到上海，连绵一个半月的雨季都已接近尾声。朋友们各自忙各自的事，一年开头时的工作态度总是积极些，联系自然不像年尾时那样频繁了。夏秋却不同，工作是有一件做一件，哪里是开头、哪里是结尾，并不由月份年份决定，于是在大家最繁忙的时候，唯有她闲了下来。

陈骁不让她天天窝在家里看剧上网，说太宅了、不运动、空气又不流通，久了要憋出病来。但陈骁也没有在工作日天天陪着她，只好发她信用卡，叫她自己在商业区逛逛街、喝喝下午茶，在人多的地方打发时间，等到下班陈骁开车去接她吃晚餐。

这样过了几天，买东西时专柜的柜台小姐有一两次目光盯着自己聚在一起窃窃私语。大概把自己误认为是那种不用工作坐吃山空的小三吧？她们大概见得多了。夏秋这么想着，没太放在心上。

可是，事情却越来越变得走向奇怪了。

这天夏秋试了一身衣服，挺喜欢，但样品不是她的尺码，于是专柜小姐去帮她翻库存，她便在沙发上坐着等。过了一会儿，对面沙发上坐了个同样在等衣服的年轻女孩，坐下没多久就从包里掏出手机自拍，原本站在那女孩身后的保安迟疑了一下，上前两步轻声对她说了句什么，那女孩马上略显神经质地从沙发上弹跳起来，不耐烦地回答“知道了知道了”，接着就下了楼梯，直接去结款台边等衣服了。

保安先生退回自己的位置。整个贵宾区就夏秋和保安两人面对面大眼瞪小眼，有点尴尬，更何况那保安分明在直视自己，让人心里毛毛的。夏秋微笑着开口缓解气氛：“现在怎么……规定在店铺里不能自拍了吗？”

“不是自拍，她在偷拍你。”

“……我？”

手机端举在面前，又应景地摆出了自拍姿势，确实让人分辨不清究竟是前置还是后置摄像头在工作。可这到底是为什么？

保安先生再没有回答，但目光还是停留在夏秋身上，说不定在搜肠刮肚地回忆这到底是哪位明星。

自己又不是明星，有什么好偷拍的？

夏秋困惑得恨不得立刻追去楼下找那女孩问个明白。虽然在业界小有名气，可陶瓷艺术毕竟是小众圈子。说穿了，能让世人获悉自己的途径也只有杂志上几篇文艺范儿的专栏采访，一两页的篇幅，在不感兴趣的人眼里吸引力可能还不如一个跨页房地产广告。

夏秋晚上吃饭时还没回过神，不经意提起了，陈骁不仅不觉得意外，而且面露欲言又止之色，让夏秋更加纳闷了。

犹豫了片刻，陈骁拿起自己的手机按了几下，递到夏秋面前：“几天前收到不知什么人给我发来的这个网址，都是无聊的造谣，怕你看了生气所以没跟你说。”

夏秋接过来。

哦，原来如此。

原来在当下，成为什么人的女朋友也是出名的一种途径。

××滨江花园、××河滨花园、××雅苑……光看那前面相同的××二字也能猜到这些楼盘都是同一个开发商，它们不是大多数人做梦也不敢想的别墅，而是大多数人敢想却无法企及的高档住宅，因此也最广为人知。就在这最广为人知的背后存在那样的必然性——大家一辈子倾其所有才能拥有一套住房的楼盘，必然有个老板，他有个儿子，那又怎样呢？人家不过生得幸运。可是这老板的儿子居然有个平民女朋友！她何德何能？明明与大家同样的出身，竟然能一跃跻身名流。

一定是个拜金市侩的女人！否则怎么不和穷小子交往呢？

一定是个不择手段的女人！否则怎么可能钓到富二代呢？

一定是个整容、PS、美图秀秀无所不用的女人！否则怎么会这么漂亮呢？

所有的“重磅爆料”和“恍然大悟”相映成趣，没有人在意真假，他们只想看到自己乐于看的——世界上的事总是有因有果，没有童话。

在大家预设的情节里，夏秋就应该是这样一个拜金、整容、滥交的女人，高中时代就品行不端，最早和顾鸢——没错，就是那个在留学生中非常出名的家世良好自身优秀的男生——交往，被甩了，后来自暴自弃变成小太妹，和街头混混交往，感情经历比同龄女孩丰富多了。最擅长的事是谈恋爱，因此傍上不明真相的富二代，交往期间花了他几百万，现在是很多很多专柜的VIP，一心只想嫁入豪门。

灰姑娘的故事不流行了。

灰姑娘的故事若是来个新编，结局一定是灰姑娘被王子领回王宫之前就被路人的唾沫淹死了。

夏秋倒是一点不生气，只是，有点难过。

那几个爆料者能在事实的基础上歪曲出他们脑内的故事，至少也是知道事实的，他们所知的那个“街头混混”“富二代”分明是同一个人。

他不是作为什么人的儿子、什么企业的继承者、什么女人处心积虑去傍的男人那些身份生活在世界上的。

他有自己的名字，而所有人竟不屑于说。

“要不要找人查一下这个诋毁你的帖子是什么人弄出来的？”

陈骁小心翼翼的询问打断了夏秋的思路。

夏秋笑了笑：“根本不用理会。生活多不如意的人才能干出这种事！理他们就太看得起他们了。”

她一边说一边按退出键，将手机还给陈骁之前不经意看了眼发来短信的电话号码，一时愣住了。

原以为肯定是个匿名电话，却不想如此熟悉。

[四]

大学的时候，有一次看见新闻中播报海难事故，当得知可能无法逃生后，船上的乘客纷纷开始就着微弱的信号给亲人打电话诀别。

夏秋设想了一下，如果自己遇到这种情况，肯定先给父母打电话。

如果还有时间，

如果还能再打一个电话……

为了希望永远不要发生却又在认真考虑的设想——在人生的尽头——而记下的电话号码，无论多依赖手机通讯录都不会忘记的这串数字组合，在许多年后以几近恶搞的姿态出现在了自己眼前。

夏秋叹了口气。

[五]

尹铭翔加班到八点半，拖着疲惫的身躯回家，电梯门刚打开，他就看见了等在门口的夏秋。

男生一动不动，目光落在她身上。

夏秋穿白色衬衫、裸色百褶裙，搭一件米色粗呢外套，很书卷气的安静模样。让尹铭翔有点意外，她对他微微一笑："不请我进去坐坐吗？"

男生松了口气，开了家门，做了个"请"的手势，待她坐下后试探着问："你看见了？"

"当然了，要不怎么会来找你。"女生从手袋里取出一瓶气泡酒，"我们喝一杯吧。"

男生从酒柜里拿了两个杯子去洗，回来问："你是怎么想的？"

夏秋笑起来："我才想问'你是怎么想的'。"

"我想和你复合。"

"帖子是你发的？"

"那当然不是。"

"但你转发给了陈骁。"

"嗯。"

"你觉得这样做我就会和你复合？"

"也不是。我只是试试，如果陈骁不相信你，因此疏远你，那他就是个不值得你托付的人。"

"结果好像和你设想的不一样吧。"

男生尴尬地咂了咂嘴："我承认他算是个男神级别的人，挑不出毛病。你是女神，但两个神未必就登对。我说不清问题出在哪里，你们俩走在一起气场都特别违和。"

"哦？你什么时候跟踪我了？"

"不是跟踪，是让赫连指给我看……你别岔开话题，你明白我的意思吗？我说不清，但我并不是以情敌的立场说，他真的不适合你。”

“那我们就看看吧，是不是真的不适合。”

男生无言以对，过半晌接着问：“你真的不考虑和我复合了？”

“我给过你很多时间，但我们还是如此，以后再有更多的时间在一起，也不会再有什么新意。就算没有陈骁，我也不打算和你再纠缠下去，和你在一起我都不敢问我们明天在哪里。你不能承担一点点沉重的考虑，永远那么折腾。”

“我怎么不能承担了……”

男生梗着脖子叫嚷起来的反驳被女生抬手轻轻一挥就打断了。

“我对你的手机号倒背如流，你知道为什么吗？你曾经被我列在紧急联系人里，你是我结束生命前几秒放不下的重要存在。但是你让我再看到这个号码，竟是因为转发这样的帖子，像个恶作剧，特别特别反讽。你好像不会再和我同一频率了，这就是为什么我念着你的好，你却去爱了别人。”

“我没有爱她！而且那个帖子不是我恶作剧！”尹铭翔着急得不知从哪个角度开始解释才好。

“你知道我看见帖子第一感觉是什么吗？”

“气哭了？”

“差点，替你哭了。”

“为什么替我……？”

“成为众矢之的也好，至少我是主角。但是你在那些人眼里却只代表一个钱币符号，没有人在乎你的感受、真心、爱情，没有人祝你幸福，他们都认定，如果你幸福，其中必有蹊跷。”

尹铭翔怔了几秒，最后朝她伸出手：“你酒再给我倒一点。”

[六]

夏秋这次离开时的背影与上次给尹铭翔的感觉不一样。

虽然自己出了个损招，但夏秋竟然没有动怒。她那么轻松、平静，反而让人觉得完全失去了希望，仿佛看得见她心里跟她自己拉好钩做了决断。

夏秋还是当初那个阳光又温顺的优秀女孩，即使走出校园，她依然拥有她的善良、宽容、令人轻松愉悦的个性，这使她从常人中一次次脱颖而出，也就是为什么没了自己，她的交往对象也是非富即贵。

而自己，就算抹去了叛逆期的混混印记，摇身一变成富二代，也仅仅是一个普通的即将有钱的人而已。

人们追求的一切都贵重不过他们的生命本身，所以任何有价的物质都无法与那样一个能让身边人这一生过得快乐的人相提并论。

的确是自己配不上夏秋。

尹铭翔第一次认识到这个现实。

可事到如今已经穷途末路。

尹铭翔这才意识到自己在很多人眼里都只不过一个钱币符号，而那个唯一的一心想让自己幸福的人，最后，也已经转了身。

他从未有过像此刻一般的绝望感。

## [七]

直接认识的人，间接认识的人，总有人见过帖子会互相打听八卦，最终传到相关人的耳朵里，不需要太长时间。短短几天后，闺蜜们都已知情，但不确定夏秋本人是否已知，都不敢去跟她说，只好互相讨论。王旗有点不同。

这天在单位吃午饭时，隔壁部门的小姑娘突然神秘兮兮地以“你也是阳明高中毕业的吧？认识夏秋吗？”展开话题，把帖子的存在知会了王旗。

她当然没有无聊到去和陌生人贩卖自己闺蜜的八卦，潦草地吃完饭便赶回办公室专心追帖。其中有个爆料人的ID有点眼熟，就是自己一个朋友名字的拼音加生日。而且很多爆料都和留学圈有关。直接进了茶水间拨电话给她，对方起初有点困惑，经提醒才想起来：“夏秋？啊……是那个傍富二代的心机女？”

“她不是什么心机女啊，她是我闺蜜。你到底从哪儿听说那些事情的呀？”

“哦？不是心机女吗？听起来的确是那么回事啊。”对方还在纠结八卦的真假。

“先不管这些，你是听什么人说到她的啊？”

“嗯……我想想……好像是饭局上听朋友的朋友说的吧。”

“那人叫什么名字啊？”

“那我怎么记得！去年万圣节时候的事啦，而且我们喝多了。”

“你再帮我好好想想吧，我闺蜜被人中伤，她也想知道自己到底得罪什么人了。”

“咦？是中伤啊？所以说那些事情根本不是真的是吗？可是她确实跟顾鸢交往过吧，我记得当时顾鸢的朋友也有一个在场，那人还说在顾鸢那里见过她两任女朋友的合照，前任很漂亮。然后大家一片唏嘘‘能让前女友和现女友和睦相处，顾鸢也是有点厉害’什么的。”

“没错她是跟顾鸢交往过，刚进高中的时候，这我知道。可是因为出了点意外夏秋就不想和顾鸢谈下去了，根本不是传说的‘顾鸢因为夏秋家教差甩了她’，根本不是，夏秋在高中是校花啊！”

“靠！那怎么传成这样！”

“真的不记得饭局上是谁在编排夏秋吗？”

“不记得，不过，我帮你问问我朋友吧，她也许记得。问好了我给你发微信。”

电话挂断后不到二十分钟，王旗就收到了那位朋友追加来的微信：“帮你问过了，是一个叫韩家玲的女生，我也不知道名字是不是这样写，听起来是这个。那人是×××大学毕业的，现在也回国了，她是你们阳明的。”

韩迦绫。

王旗当然记得她。

高中时非常轰动，从不与人为敌的夏秋有一天突然冲到别的班级，朝一个女生拍桌子大吼。虽然不知道什么原因，事后也没问出个所以然，但做操时远远观察过那个女生，打扮有点非主流，名叫韩迦绫。

[八]

“韩迦绫？谁啊？”

——结果，居然当事人自己都不记得了。

枉费王旗觉得自己有惊世骇俗的重大发现，把大家紧急召集来吃午饭顺便八卦。

王旗有点郁闷，只能继续提示道：“不就是你高中跑去四班还是几班跟她拍桌子的那个女生吗？”

夏秋一时没反应过来，一旁的禾多已经恍然大悟：“啊！那个‘烟熏妆’！你和她后来又打过架吗？”

“怎么可能？我都快不记得她长什么样了。”

“那也太能记仇了，这都过去多久了啊，还在背后嚼舌根。”

李禾多摆着手一脸厌恶的表情：“这人可别提多极品了。我还在和前男友交往的时候，这女人两姐妹整天往我前男友那富二代圈子里钻，我前男友有个朋友，挺烦她的，她俩还整天给他发短信‘男神’‘男神’地赞美，一有饭局她俩就觍着脸不请自到，吓得人家发微博都不敢分享地点了。”

“哦？她还有个妹妹？”

“叫韩俐颖还是什么的。我不太熟……”禾多往嘴里塞了口炒饭，口齿不清地说下去，“只有一次在酒吧见过，妆比韩迦绫还浓，简直看不见五官。我前男友那个朋友说她比韩迦绫还招人烦，特别不懂事，没脸没皮的，一天能给人发三四百条短信。”

“等等！”夏秋的智商终于上线了，“你刚说韩迦绫的妹妹叫什么？”

“韩俐颖啊。”

“那、不就是、尹铭翔的现任吗？”

“啊——什么什么？你们说谁？谁是尹铭翔现任？”本来吃得昏昏欲睡的赫连这才打了个激灵坐直了。

禾多还是烦她：“你自己走神不追剧情，谁要跟你解释。”

“尹铭翔哪有现任？”赫连替人辩解道，“他不是和假脸女分了吗？”

“呵呵，那种朝三暮四的人，谁知道他分没分！”禾多白了赫连一眼，把她和尹铭翔视为一丘之貉。

“哎，你们别吵，听我说重点。”夏秋看着赫连，“总之，韩迦绫的妹妹，就是你说的那个‘假脸女’，也是禾多认识的那个浓妆女，只不过她没认出来罢了。”

“不能吧！”禾多回到重点，开始怀疑自己的记忆力，“陈萱结婚时候看尹铭翔女友还挺正常的，虽然有种风尘气质。”

“我绝对不会弄错，她给我打过电话，自我介绍说是韩俐颖。我当时还觉得这名字听着耳熟，其实就是，我也不认识几个姓韩的，早该想到韩迦绫了。”

“等一下！”赫连皱着眉抓了抓脑袋，明显跟不上剧情发展了，“假脸女为什么会给你打电话？”

“也就是说些让我离尹铭翔远点的话，挺会说的。不过我和尹铭翔那时候本来也就分了，她又是正牌女友，她有这个立场说话。”

“什么呀！尹铭翔跟她只是玩玩，她在尹铭翔面前可是装得人畜无害的，买几个首饰包包就开心得不得了。用尹铭翔的话来说就是‘没有野心’。”

“你们看，这像是没有野心的样子吗？”沉默许久的王旗突然边说边把自己的手机放在闺蜜们面前。

打开的是尹铭翔一小时前刚发的微博。

他和韩俐颖的合照，韩俐颖妆并不浓，尹铭翔没有笑。两个人胸前分别拿着结婚证。

配图的文字是：这下你们满意了？

[九]

所有人脑子黑屏五秒。

赫连双手抱头说：“你们谁来给我解释一下，这是什么意思？结婚了？”

“不是结婚难道是立交桥下办的证吗？”

连王旗都觉得这个事实有点让人难以消化：“这是传说中的闪婚吗？终于见识到了比陈萱还闪瞎眼的闪婚。”

“不对不对！绝对不可能！什么人结婚会是这样的台词？什么叫‘这下你们满意了？’谁满意了啊！到底谁又不满意了，让他非要这样作死啊！”作为疑似“你们”中的一员，赫连快要奔溃掀桌了。

禾多和王旗同时把目光转向夏秋，她反而比赫连平静得多：“看我干吗？我和尹铭翔都翻篇了。”

“哦，那我就放心了。我先回去上班，我们下午也要考勤的。”禾多看了看表。

王旗盯着夏秋继续看了三秒，确定她神色如常不是硬撑，便也站起来：“那我跟你一起走，我也差不多该回去了。”

对于禾多和王旗来说，尹铭翔只是昔日同学，关系还够不上亲密，除去了“夏秋男友”这个身份，他是死是活就不关她们什么事了。

但尹铭翔对赫连的意义显然不一样。

赫连拧住夏秋的胳膊：“你别走，反正你不用工作，快跟我去找他，把这浑蛋骂清醒。”

夏秋面露难色：“你下午不上班吗？”

“上个毛，翘班也要把他骂清醒！”

“赫连，等等，你，你听我说，”夏秋死拉硬拽终于把赫连勉强控制住，“他想娶他喜欢的人，我现在也没什么资格去阻拦他。”

“夏秋！你真这么以为？尹铭翔会喜欢那个假脸女？那个假脸女会真心喜欢尹铭翔？很明显……”赫连又急又恼，话说到一半突然哽咽，两大颗眼泪掉下来。

夏秋心里被戳了一下，眼圈也有点红了：“你别急。”

“尹铭翔、你，还有我们所有人，都被人算计了！”

# Masque Chapter 10

女性之间的较量，
往往从她们孩童时代就已经开始。

[一]

女性之间的较量，往往从她们孩童时代就已经开始。

在幼儿园说流利的英文被老师奖励第一朵小红花，在小学收到好几个小男生递来小纸条，初中时手臂上戴着两道杠马尾辫一甩一甩地进出班主任办公室，高中时在生日那天垄断了校广播台的全部点歌……都是她们高人一等的资本，而同时也会使她们成为众矢之的。

因为，别的女孩永远不会心服口服。

她们会对同样说流利英语的男孩露出崇拜的眼神，也从不认为同时收到好多女生情书的男生比较轻浮，她们把手臂上戴着两道杠的男生称为“男神”而不是“老师的狗腿”，而且特别喜欢在“男神”生日那天匿名去校广播台为他点歌……如果那高人一等的主角换成男生，她们绝不会吝惜自己的赞美。

这样的差别待遇，被称为“同性战争”。

从小到大，赫连瑛总是同性战争的胜利者，说胜利者倒也并不贴切，因为有得必有失，她赢了骄傲，也失了口碑，不过好在她一点都不在乎口碑，她最喜欢别人打不败自己时窝火的灼灼目光。也正因如此，她才在女性居多的行业如鱼得水。

但这次一时大意，竟被人从眼皮底下掳走了“高富帅男闺蜜”，对她来说真是前所未有的败局，是可忍孰不可忍！

赫连把尹铭翔找出来紧急洗脑，不过就算她不表现得那么义愤填膺，“韩俐颖是韩迦绫的妹妹”这事实也够尹铭翔消化的。

尹铭翔在高中就已经认识韩迦绫，她堂哥说白了是“道上混的”，她的人品教养也好不到哪儿去，经常仗着自己哥哥有些小喽啰就欺负别的女生。可想而知，她妹妹又能是什么样的女孩。先前尹铭翔只觉得她笨笨的，和她结婚也是因为一时心灰意冷，眼下才刚开始有了糟糕的预感，韩俐颖不会是一个心地单纯的人。

“那么，你现在打算怎么办？”

“事到如今，也只有跟她离婚了。”与其说尹铭翔的反应在赫连的意料之中，倒不如说这正是她想达到的目的。

“什么时候离？什么时候跟她摊牌？需要我帮你吗？”

赫连施加的压力太大，又让尹铭翔警惕起来。

男生沉默了一会儿，皱着眉头：“不要这么着急，我先和她谈一谈。”

“谈什么？难道你还指望她改邪归正，从此做个贤妻良母？”

“不，我没那么想。我只是……”尹铭翔迟疑了几秒，“总不能因为她姐姐曾经是不良少女就和她离婚吧？”

“不对，你不是因为她姐姐曾经是不良少女才跟她离婚，是因为你不爱她，她也不爱你。你到底有没有觉悟啊？”

男生无奈地敲了敲头，叫来服务生要了一杯啤酒。

赫连冲服务生摆了摆手，对尹铭翔说：“你还有很多正事要办，现在不能喝酒，快回去跟她谈，现在就谈。”

“可是我上午……上午才和她登记结婚，下午就约她谈离婚，这样有点荒唐。”

“荒唐的是登记结婚，所以不能一直荒唐下去了。”

虽然尹铭翔知道确实应该和韩俐颖坐下好好谈谈，她姐姐认识自己，而她又出现在自己视野里，这肯定不是巧合。但赫连紧紧相逼，也让他喘不过气。其他的事，他大多数情况下都会听赫连的，可唯独这件事，赫连自己的婚姻也不是很成功，作为军师她实在太没有说服力了。尹铭翔还是决定按照自己的步调来，先看看对方有什么企图，不要贸然提出离婚。

[二]

和赫连分开后，尹铭翔回到楼上办公室，给韩俐颖发了相约共进晚餐的短信。上午在市民中心登记完，韩俐颖本来提议共进午餐，可尹铭翔没什么兴致，从前和她一起吃饭时，她三分之二的时间都用于拍摄桌上食物和自拍，跟她说话她也心不在焉，吃饭对她而言全部的意义就是发朋友圈，所以干脆发了她信用卡打发她去和闺蜜聚餐，让一堆爱拍照的人一起去庆祝好了。

办完了结婚手续就分道扬镳，上班的上班、庆祝的庆祝，这样的夫妻也是离奇。

韩俐颖很快就回了短信，“如果你还没订位，让我来打电话预约吧”，看似很懂事，但其实是为了确保晚上吃饭的场所足够“高大上”。要知道随便吃个烧烤，可没有什么拍照的价值，如果发不了朋友圈，这顿饭也就白吃了。

尹铭翔随她去了。接下去的工作时间，他开始频繁走神。仅仅是一个简单的楼梯，两小时还没画完。

临近下班的时候，韩俐颖又发来了订好的餐厅地点。“我先去，等你哦。”她在结尾写道，还不忘加上一个爱心表情。

尹铭翔的心里又起了微妙的涟漪。

在金钱之外，也许她对自己也是有一点感情的，毕竟自己并没有糟糕到除了有钱就毫无优点的地步吧？如果只是寻常的家境，像自己这样毕业于名校、有份收入还不错的工作、长得不差性格也挺开朗的男性，不也要找寻终身伴侣吗？不见得没有人喜欢啊。尹铭翔这么想着，不太清楚算不算是自我安慰。那么，就先试探她一下好了。

“我姐姐？”面对尹铭翔提起韩迦绫，韩俐颖似乎并不感到特别意外，“没错，她是阳明毕业的，没想到你也是阳明毕业的而且还认识她！那还真巧。”

“我没说过我是阳明毕业的吗？”

女孩子俏皮地一笑：“从来没有啊。”

这个话题对韩俐颖来说不难应付，也许她早就考虑过，毕竟韩迦绫是她的亲姐姐，既然成了一家人，那就总有一天要和尹铭翔见面。

“是我不对，在结婚前一点也没了解过你的家人。”

韩俐颖微微一笑，非常懂事的样子：“没什么不对，以后慢慢了解就是了。”

酒杯在尹铭翔手里转了转。

沉默片刻，他接着说：“韩成，你堂哥，我也认识。”

“他呀——”韩俐颖的尾音拖出一点笑意，“叛逆期的时候实在让他父母愁坏了，我姐姐和他年龄相当，那时候和他走得很近，我父母也跟着提心吊胆，怕受了他不好的影响。不过好在叛逆期过去，他们都回到了正轨。韩成现在已经在美国成家定居了呢。”

“哦，这样，那还不错。”尹铭翔有点惊讶。

诚然，叛逆期糟糕，不代表一辈子都糟糕，自己也有过小混混的时期，折腾够了也就迷途知返了。这么说来，韩迦绫也许也未必是当年那个小太妹。

赫连的失策在于，她忘了告诉尹铭翔，韩迦绫至今还在诋毁夏秋。她刚把韩迦绫和韩俐颖的关系揭穿就立刻大呼小叫起来。

而尹铭翔潜意识却是不想离婚。

虽然他不够爱韩俐颖，但既然结了婚就应该遵守规则坚持下去，他是K歌时遇到不会唱的歌就会调出原唱认真听完而不是中途切歌的那类人。夏秋决定放手的时候，他也做了决定，彻底放弃了自己，不奢望再有爱情。既然如此，婚姻就只是一种契约关系，对象是韩俐颖、王俐颖还是张俐颖都没有什么区别，为什么要离婚呢？又没有比韩俐颖更好的人在等着自己。何况，他也找不到什么理由讨厌韩俐颖。

如果想找的话，能讨厌的点还是比比皆是，比如眼下这每上一道菜就疯狂拍照的小家子气。但这并不是动摇根基、严重到需要离婚来解决的缺点。

能动摇根基的问题，尹铭翔不敢问。

像“其实我和我爸经济上是完全分开的，你不介意吗？”这类话题一定要小心翼翼地避开，他没有自信能得到自己想要的答案。

[三]

陈骁一整天没有夏秋的消息，打电话总是无人接听，发短信也没有回信。他知道有时夏秋出去拍照会把手机调到静音随后就一直忘了调回来，有时她逛街把手机放在隔层而环境嘈杂很难听见响铃，有时她看书或画画太专注也意识不到外界的变化。但随着时间的流逝，这些自欺欺人的猜想一一被否定，沉稳如陈骁也开始不安起来。

晚上结束应酬后已经十一点多，他还是让司机绕远路去一趟夏秋的住处。

车开进小区，他远远望见夏秋家亮着灯光，紧绷的神经稍微放松了一点。但走到门口，敲门没有人应，门把手上插着外卖广告。

他想靠近门上的猫眼往里面看看，谁知手刚接触到门，虚掩的门就慢慢开了。

陈骁一愣，脊背浮出一层冷汗，喊着她的名字冲进去。夏秋脸埋在胳膊里趴在餐桌边，陈骁一只手扶在她肩上用力摇晃她，在这个瞬间以为她出什么意外死了，心无限地往下沉。

剧烈的动作使夏秋的脸转了出来，脸上有明显的红晕，接着她眼睛也睁开了。陈骁这才完全放松下来，长吁了一口气。

“夏秋你……”

夏秋目光呆滞地看着他，过了好一会儿，才迟钝地发出一声短促的“嗯”。

“你怎、怎么、在这里睡着了？会感冒的。”陈骁发现自己说一句连贯的话非常不易。

“唔……你不上班吗？”夏秋冒出了让陈骁一头雾水的疑问。

下一秒，陈骁注意到摆在餐桌上的空酒杯和红酒瓶，大致明白了是怎么回事。他把神情依然恍惚的夏秋抱到沙发上，给她接了一杯热水。

“现在是晚上十二点，我上什么班？你为什么会一个人喝酒？”

夏秋一边喝着热水，一边目光看向右下角回忆着，看神色应该是想起了原因，但她没有说。

“不为什么，气压很低、人不太舒服的时候就会喝一点。”

“但这已经不是一点了。你究竟喝了几瓶……”陈骁边问边再次向餐桌望去，“你是从昨天晚上喝到今天晚上了吗？”

夏秋扶着额头，停顿了几秒：“今天几号？”

陈骁有点无奈，感觉也问不出个所以然了，但她脸上的红晕看着反常，伸手去碰果然烫得厉害：“应该是昨晚喝了酒趴着睡觉着凉了。”说着取了件外套给她披上，再打横抱起来，“送你去医院。”

[四]

夏秋输了一晚上液，陈骁也陪了一晚上，直到早晨去医院附近的便利店买早点和饮料，想起应该让朋友来探望她，陪她说说话，毕竟这样酗酒又生病一定有隐情，而夏秋似乎不想对自己说。夏秋的朋友，除了那位孕妇，陈骁只认识一个赫连，便给她发了短信。

于是当夏秋醒来，第一眼看见的人变成了赫连。

“你真傻。虽然我不知道是什么让你不开心，但也不要拿自己出气吧。”

夏秋带着歉意地笑笑，撑着床沿坐起来一点。

“说吧，是因为什么？”

“没什么……”

“我可是牺牲了睡眠时间来听你倾诉的哟，要知道就算早晨9点上班我也没有早于9点起过床，现在7点半，你再不说，我下一秒就趴在这里睡着给你看。”

“那个诋毁我的帖子，你还记得吧？”

“嗯，韩迦绫那个吗？就是因为那个吗？不是已经有段时间了吗？”

“你大概没看见最新进展吧。”

赫连飞快地从包里掏出自己手机打开浏览器。

夏秋伸头看了一眼："……你居然收藏了。"

"人不八卦枉少女嘛！"

赫连翻到最新页面，大致看明白了。是有人爆料夏秋前男友是个官二代，夏秋在艺术圈的地位完全是这个男友捧起来的，夏秋借他的权力出名、攀附权贵以抬高自己的身价，就连省级大师的职称也是他找关系开后门弄来的。

"无稽之谈，明明你还没跟他交往的时候就已经在国际上得过奖了。"

"所以我生气。"夏秋叹了口气，"这不是空穴来风。其中真假参半，有很多事情只有他和我两人知道，唯一的消息来源就是他，他却把事情歪曲成另一种含义。我不知道他为什么要这样对我，两个人明明相爱过，背叛对方的人也不是我。"

"这还用想？他要是不这样吹嘘，怎么能显得牛逼呢？他又不像你是公认优秀的人，他要在女朋友和酒肉朋友面前装位高权重也只有靠贬低你了。"

夏秋沉默半晌，长吁了一口气。

一直觉得恋爱是两个人的事，恋爱中出了问题也总是在两个人之间找原因。相恋也好，分手也好，即使没有了感情也至少应该有尊重，夏秋是这么认为的。

眼下这样的手段真让人无言以对。

"你现在打算怎么办？"

"陈骁的短信，"夏秋给赫连看了眼自己的手机中刚打开的收件箱，“叫我在医院先住几天，反正这病房条件好，又有人照顾，我烧还没退，一个人在家他不放心。”

“我不是问你住几天，我是问，你打算怎么对付贱男？不打算还击吗？别说你，我都咽不下这口气。”

夏秋想了想：“你有什么主意？”

“我要有主意，早报复在林浩身上了。”

夏秋哈哈笑起来，气色比先前好了许多：“是啊，我们身边的姐妹都只有嘴不饶人，个个是包子。”

“反正你自己别生气了，为了这种人生气多不值得。大嘴巴渣男！分手的时候就把你弄得人不人鬼不鬼的了。以后快别承认他是你ex，跟他扯上关系真掉价。”

这边正说着，陈骁走了进来，夏秋面对着病房门所以先看见，有点惊讶地欠了欠身：“欸，你不是说先去上班了吗？”

陈骁笑眯眯地举起手中的塑料袋：“给你们带了早饭。我就知道赫连不是个细心的人。”

“嘁。”赫连被揭了短，嘟着嘴娇嗔道，“你是个心细的人，怎么不能像我一样放下工作来陪夏秋？”

陈骁被反将了一军，愣了一秒，看着夏秋，又把目光移开，没等他说话，夏秋居然乘胜追击：“是啊，都说最贵重的是时间，最廉价的是金钱。我哪儿敢问他要时间。”

赫连挺喜欢看他的窘态：“听见了？最廉价的是金钱。你不给张额度大点的信用卡根本过不了关。”

“给了呀，她都不用，傲着呢。”

“世界上哪有傲气的女人！额度不够大呗。”

“两百万不够吗？”

赫连吓了一跳，原以为按陈骁买几块瓷板还要讨价还价的做派，给夏秋一张额度50万的信用卡了不起了，哪想到这人一旦疯起来，为讨美人欢心还真是不惜代价。即便如此，自己也不能大惊小怪给夏秋丢了脸。她咽了咽口水，故作淡定地接话：“两百万够什么？万一看中了房子只够买片瓦。”

陈骁指着赫连笑着对夏秋说：“这小妮子很有投资意识，贬值的她不看，要买就买房子。”

夏秋被他们俩逗得开心，也顾不上去想极品前男友的事了。

赫连不知怎的，突然有种奇怪的感觉，心里默默把尹铭翔往角落里扫了扫，她觉得夏秋要是和陈骁在一起了，也会很幸福。

[五]

下午陈骁办完公司的事，马上就回医院接替赫连陪夏秋。赫连临走前“啧啧”地感叹“这样紧赶慢赶的，还有没有心思工作了？明天干脆别去了吧”。夏秋笑着把她赶走了。

陈骁给夏秋一个移动硬盘：“中午我让秘书给你找了几部美剧，我给你拷在这里了。你和赫连没事可以看看。”

“明天别再让赫连过来。耽误人家上班。”

“赫连的上司我认识的，我打过招呼了。他还以为我在追赫连。”

“这样对赫连影响不好。”

陈骁笑了：“赫连很高兴，她和她上司正关系暧昧，今天我一出面，那家伙有点急了。”

夏秋笑着摇了摇头：“你们俩竟然还达成了这样的同盟。”

“话说回来，跟了我怎么就‘影响不好’了？”

“赫连的圈子有点复杂，女孩子多，眼红的多，平白会多很多嫉妒排挤，背后少不了嚼舌根，可不比网上议论我的那帖子攻击力弱。”

“可赫连像是完全不会在意。”

“赫连要自己过得好就会没心没肺，可是现在自己过得不顺心，再来些有的没的，就是雪上加霜了。”

“那么你呢？第一次知道有人造出这个帖子，你一点也不在意，这几天怎么又为此伤心了？是因为这几天过得不顺心？”

夏秋沉默半晌，拉他在自己床沿坐下：“我问你，这帖子说的事情，你一点都不信？万一是真的呢？”

“真的又怎么样？拜金、男友多、不择手段，在爱你的人眼里就是性感、情商高、懂得经营。这算缺点吗？世界上有几个人安贫乐道？无非是不愿付出，得不到就起了嫉妒心。反正我还没穷到负担不起你，又何必去猜测真假。”

夏秋放开他的手：“所以你多少还是会信。这就没意思了。我想找一个相信我的人。”

“要求违背人性，这才没意思。除了自己，你能无条件相信谁？我说我永远只信你说的，你信我吗？”

道理确实如此，但现实之残酷有时需要谎言来粉饰。

也不知陈骁是理智还是提防心强，他不说谎，也不给誓言，他的承诺少得可怜，也都做到了，却还是有些吝啬。夏秋总觉得这不是爱情的样子，也许他是故意想给人“靠谱的结婚对象”这种印象，反倒让人感觉他不像会和自己走到最后。

夏秋晚上没让他留下，陈骁没有坚持，买了夏秋喜欢的粥，两人对坐着聊天，吃完夜宵，他就回去了。晚一点收到陈骁一条短信，说自己到家了，问她休息没有，夏秋谎称已睡，把他打发了。

其实她心思重，没那么容易入眠。这时候想起陈骁留的美剧，插上移动硬盘翻翻找找，对他秘书找的美剧倒不太感兴趣，倒是被硬盘里的另一些东西吸引了注意。这显然是陈骁的工作硬盘，里面上百个文件夹存的都是报价单、图纸之类的，夏秋看不懂，有点无奈，“这么重要的东西和美剧拷在一起真的好吗？”。

有一个文件夹叫“秋”，夏秋点进去后吓了一跳，是夏秋出道以来的所有采访和公开照片。

有点感动。

夏秋关上灯，在黑暗中默默想着，虽然和陈骁在一起不算太有激情，但也许能比和尹铭翔走得远。他比尹铭翔更珍惜自己，因为他知道自己的价值，这爱情中有一点点崇拜。

## [六]

夏秋住在医院休息期间，陈骁找朋友联系版主把帖子删了，赫连则终于想起来应该把帖子的始作俑者是韩迦绫的事告诉尹铭翔。

尹铭翔给夏秋打了十几个电话，她没接。其实就算通上话，他也并不知道自己想说什么。晚上回到住处，韩俐颖照例系着可爱的围裙，小女人味十足地靠过来，尹铭翔扫了一眼餐桌，几个精致得不像话的小菜，第一次觉得很惊喜，但没有家常菜会放那么多味精，吃完总觉得口干，一定是赶在尹铭翔下班前她才去打包回来的。

她有这份心，开了点挂，总好过懒懒地在家躺着谁也不在乎。尹铭翔以前不想揭穿她。

他也反省过自己，李禾多、赫连吃饭时也经常会拍食物，那时他并不以为怪，为什么就是单单看不惯韩俐颖。

在餐桌前坐下，他还不知道怎么开口。

韩俐颖用撒娇的语气说："亲爱的，昨天跟你说的事你考虑好了吗？"

"嗯？什么？"

"哎呀，就是什么时候办婚礼呀。我本来是不在意这些形式……"

"那就别办了。"尹铭翔眼睛也没抬地打断她。

"……"韩俐颖有点意外，察言观色了一会儿才接着说，"我本来是不在意。可是，我父母会觉得脸上无光，再怎么说也是嫁了女儿，谁不希望自己女儿嫁得风风光光？一声不吭地嫁出去，亲朋好友知道了还以为婆家不认可。更何况，场面做大一点，对你父母而言也很重要，不是说做生意都要彰显自己的实力吗？"

“我父母？”尹铭翔淡淡地笑了一声，抬头直视她，“他们已经很久不认我这个儿子了。又怎么会管我结不结婚？”

“啊？”韩俐颖迟疑道，“那是……什么意思？”

“你看，我跟你领证之前也没经过他们同意，你就没觉得奇怪吗？”

“说实话是有点……可是，不认你……那是从什么时候开始？”

“大学毕业时。”其实并没有说得这么严重，只不过当时尹铭翔没有走父母安排的路。他父亲公司里董事会关系太复杂，自顾不暇，一时更不敢让他来接手。尹铭翔除了买房买车时，几乎没向父亲要过钱，相应地，父亲也没有可干涉的空间。他不是与父母决裂的儿子，只是和父母关系淡漠的儿子。但他想试试韩俐颖。

韩俐颖果然如预想的那样脸色大变：“那婚礼就不办了？彩礼什么的怎么办？”

“彩礼？”尹铭翔干笑着，摊了摊手，“我的全部身家就是这套房子，再没有更多的了。车是早年我爸名下的，他懒得要回去，不过车主的名字也不是我。”

韩俐颖瞪大了眼睛，一个字也说不出。

“彩礼当然应该给，我工资积蓄有二十万，你全拿去给你父母吧。”

“可是……”韩俐颖回过神来，“她们不是说……夏秋都是花你的钱吗？”

“她们？”尹铭翔冷笑道，“谁说的？那不是你姐编的吗？你回家好好问问你姐姐是真的还是她脑内剧场上演的啊。”

韩俐颖这才听明白尹铭翔是带着怒火来的，恢复了血色，反呛道：“你是在为了夏秋指责我姐姐？”

“不，我没那个意思。”尹铭翔依然笑着，轻描淡写地说，“我只是想跟你离婚。”

韩俐颖的心瞬间沉到底，反而踏实了。

原来等在这里。

“你觉得可能吗？”

“你不是正想如此吗？既然什么也得不到，就应该及时止损，赶紧去寻找下一个金主啊。”

“你别以为光说这两句就能甩了我。我是不会和你离婚的。”

请神容易送神难，尹铭翔不是没料到这种局面。他站起来走进房间去收拾东西，韩俐颖追进去：“你要干什么？”

“我跟你说了，我全部身家就这套房子，再没有更多。房子给你，我搬出去。”

## [七]

尹铭翔是暂时只能住在酒店了，安置好行李后静下心，才意识到自己的狼狈。究竟怎么会造成这种后果，他至今还没醒过神，只记得夏秋离开后他就开始恍惚起来，好像人生都失去了目标。

赫连一听说尹铭翔和韩俐颖闹离婚搬出家就高兴得不能自持，第一时间跑去找他，把他强行从房间拖出来去附近酒吧“庆祝解脱”。可是实际上，尹铭翔并没有“庆祝”的心情，反而一碰酒就停不住，一杯接一杯喝下去，开始酗酒。

赫连有点苦恼了，这么一个大男人自己扛不动，喝瘫了总不能扔在路边吧！可是转念一想，这不正是促成“破镜重圆”的好机会吗？

她给夏秋打了电话：“尹铭翔为了你和韩俐颖闹离婚，现在在酒吧喝醉了，你来接他一下吧。”

电话那头有点困惑：“你送他一下不是更方便吗？”

赫连还嫌不够偶像剧：“可是他一直喊你的名字啊。”其实并没有。

“……”

“再说我也喝多了。”

“听不出来。”这么多年的朋友，夏秋对赫连挖的陷阱太熟悉了，根本不想上套。

“真的啊！再说……再说……我一个柔弱的女孩子怎么扛得动他？”赫连开始装可怜。

事实虽如此，可是……

“我也是女孩子啊。”

“你是篮球队主力女汉子。”

“……”

“实在不行我只能把他扔在马路边了。”

夏秋相信以赫连一贯的不靠谱，这她倒是一定做得出来，只能妥协了。

“那我想想办法吧。”

赫连还以为自己的蒙骗要赖挺奏效，开心地挂了电话，乖乖地守着已经不省人事的尹铭翔，只等夏秋如期而至。

过了半小时左右，一个混血脸的帅哥朝赫连走过来，赫连一阵欣喜，迅速往旁边挪了一个位置，和趴在吧台上睡觉的尹铭翔拉开距离。她假装没看见对方，自顾自地喝着鸡尾酒，留下优雅的侧影，计算着对方靠近的速度。

“你好。”混血脸帅哥果然过来搭讪了。

赫连做作地撩了一下头发，回过头，故作冷静地看向对方，微笑。

“你知道他住的酒店地址和房号吗？”混血脸帅哥指着尹铭翔问道。

嗯？

这是什么神展开？

搞了半天，难道是gay？

赫连一脸震惊加失落，顾不上答话。

帅哥不知她为什么发呆，只好进一步解释道：“我们是尹铭翔的朋友，夏秋叫来帮忙的。”

啥？

赫连这才发现帅哥侧身后还站着一个高挑的长发美女。

她继续石化了十几秒，最终咬牙切齿地挤出一句：“夏秋这个浑蛋！”

[八]

夏秋收到朋友“已经把尹铭翔送回去安置好了”的短信后放下心来，熄灯准备睡觉，刚躺下，手机又响了。

她没看来电显示便接听起来：“喂？”

电话那头没说话，背景音却异常嘈杂。

夏秋蹙了蹙眉，又“喂”了一声。

那边终于发出犹豫的声音，有点欲言又止。

“请问你是186××××××××这个电话号码的机主吗？”

“……是啊。”这不是废话吗？都拨过来了，接听电话的不是机主是谁？

“那你认识136××××××××这个电话号码的机主吗？”

赫连。

夏秋看了一眼来电显示，打来电话的正是赫连的手机号。

她突然有种不祥预感，从床上“噌”地坐起来。

“她是我闺蜜，她出了什么事？”

戴着假面矛盾地相处着，生活

也因为充满嘲讽而变得稍稍轻松一些。

[一]

手机响了五分钟，王旗没睁眼，直接把电池卸了。以为能清净了，客厅里的座机电话又响了起来，接着被狗误以为是门铃声，狗也狂叫起来。这下不起床接电话是停不下来了。

王旗顶着一头乱发，烦躁地冲向客厅接起电话，当她得知赫连出车祸被送往医院急救时，才终于清醒过来。

这的确是应该凌晨三点响铃的事件。

她随便洗了把脸，把头发简单扎成马尾，安顿好狗狗，出了门。

小区门外的马路一辆车也没有，更别提出租车了。

王旗只好往大路上走，夜风还是有些凉。再存几个月钱就够买辆车了，一定要第一时间去买车考驾照。真羡慕赫连那样有家底、父母又舍得给她花的女孩，她应该是几个朋友中最早学车买车的，高三的暑假就拿了驾照，不仅如此，直到现在她的车也是最好的。

第一辆就是敞篷跑车。

虽然实际价格也就二十万，但她趾高气扬的神情俨然像开着两百万的车。那时候可真把一群高中刚毕业没见过世面的小女生看呆了。

当然，后来她家境更加好，又换了更好的车，依然是敞篷跑车。

赫连人生中就没有“低调”这个词。如果真有富二代追她要送她兰博基尼，她是一定会接受的。想起这个梗，王旗不合时宜地笑了起来。

有一年的圣诞节，王旗在微信上发了个抱怨的朋友圈消息，大意是圣诞节公司放假，可也没地方去，满大街都是秀恩爱的情侣，想起高中时圣诞节还下雪，最近是不是全球变暖，好几年都没有雪了。

平时绕在身边“女神”“女神”地巴结着的一些男人这时都躲起来不吱声了。圣诞节要约见“女神”可是要送礼物的。礼物之外还得送花，玫瑰涨成天价，一百元以下的，“女神”可能看不上眼。请“女神”吃饭，便宜的餐厅人满为患，“女神”还未必赏脸，贵的餐厅又请不起。就算是去酒店开房间也订不上。这天冒头，性价比太低。

王旗摇头感慨，准备关机早早睡觉，突然出现了一条留言提醒。

赫连说：“我知道哪里下雪，我带你去。”

有点无厘头，没想到赫连真的开着车就来接王旗了。

车程一个多小时，去的是欢乐谷。从前王旗也来过，没什么稀奇。可这天真的有漫天飞舞的人造雪，灯火通明，人们踏“雪”而行，热闹又浪漫，令人心情一下就雀跃起来了。

摩天轮停了，过山车也停了，在运营的只有碰碰车、咖啡杯那些设施，就这也排了很长的队，两个女生没有去凑热闹，而是找了家肯德基坐着喝饮料。

晚上十一点半，赫连还要了两个吮指原味鸡腿，王旗知道她为什么总在发胖、减肥和反弹了。

“林浩呢？今天怎么没陪你过节？”

“他今天上午才邀请我的，我就说我和姐妹约好了没空。”

“嗯？为什么？”

“你以前不是跟我说过吗？要欲擒故纵啊。我可不能让他以为我除了他没有别的行情，时刻都为他准备着，如果没有提前预约，根本就约不到我。”

王旗从窗户上看见自己的倒影，凝结在冰饮杯外的水珠缓慢地滑下来。

欲擒故纵之类的话，应该是当年看流星雨的时候说的吧。

赫连在宿舍天台上给自己讲述她和当时的初恋小男友的故事。

脸长得像少女漫画里的那个男二号？

——三次元的人怎么和二次元的人像得起来？

从小青梅竹马，也是门当户对的？

——《名侦探柯南》看多了吧！

心里只有赫连一个人，所有的零花钱都用来送她礼物？

——确定这个年纪的男生不把所有零花钱用来买游戏装备？

肯定是瞎编的，这个人存不存在还是个疑问呢，更可能是看见父母朋友中有个小帅哥就自己臆想起来停不住。但无论如何，这个天台话题都把自己之前主导的那个“听说区政府要搬来学校附近”

比下去了。

当时的王旗耸了耸肩，装作不以为然又经验十足的样子，在对方“想kiss”的话尾揪出了反击点：“他还没表白呢！怎么能让他那么顺利，就算你想kiss也不能主动，男人嘛，都要欲擒故纵才行。”

“哦？这样啊……”赫连把兴奋劲压了回去，眨巴着星星眼，有点崇拜地看向王旗，“你说得对！可是彻底不理他会不会变疏远啦？”

“你要掌握分寸嘛！让他觉得彻底没希望肯定不行。”

其实王旗也觉得自己说了像没说一样，起不到任何帮助作用，所以关键是那种“只可意会不可言传，你得自己领悟”的神秘语气。以赫连这种和地平线看齐的智商，果然立刻就被唬住了。

直到有一个周五放学，长着漫画脸的小帅哥捧着花等在校门口，赫连向自己挤眉弄眼着说完“你那方法真棒”就像只小麻雀一样飞奔出去，王旗才知道自己输得太彻底了。

小帅哥很自然地亲了亲赫连的脸颊。

王旗石化了。

明明是故弄玄虚的计策，怎么可能奏效？在那个瞬间王旗甚至要怀疑赫连深藏不露、大智若愚了！

事后想想，肯定也是歪打正着了，毕竟赫连长了张漂亮的脸，有人喜欢也不奇怪。

可是眼下的情况完全不同，要知道，林浩可是正在好几个美女之间摇摆不定难以抉择呢，这时候玩欲擒故纵不是玩火自焚吗？有人主动退出还帮他省了心。更何况圣诞节如果有情侣是一定要和另一半过节的，否则岂不是暴露了自己另有所爱吗？谁会信你放了男友鸽子是为了闺蜜聚会呀！

当然，这种事王旗肯定是不会提醒赫连的。她只会抿着饮料微笑着看向啃鸡腿的赫连，悄悄在心中嘲笑一声“真蠢”。

可是不久之后，王旗又听闻了林浩和赫连互见家长后订婚的消息。

不可能每次都歪打正着运气这么好！还是说……智商成谜的赫连的周围所有人智商也成谜？

一定是哪里出了错！

又过了不短的时间，王旗才注意到当初被自己忽略的细节。平安夜赫连在微信朋友圈热热闹闹地发了一大堆照片。

浪漫的人造雪，童真的碰碰车，肯德基温暖的灯光中PS得很精致的她自己的侧脸，以及被当作人肉背景、肤色深了两度、完全没有抓拍好更加不可能PS过的“史上最丑”王旗。

“太贱了啊！”王旗不禁惊呼出声，不把身边朋友顺手一起PS的都是贱人！

所以，林浩当然会相信她是和闺蜜一起出行了，有照片为证嘛！更加重要的是，虽然没有别的男人，但你林浩在我生活中也是分量可轻可重的角色，和那几个一到圣诞节就死缠烂打急于证明自己是正牌女友的女人一比，高下立分。

赫连究竟是真蠢还是装蠢，王旗也搞不清楚。就实际效果而言，每次见她朝自己眨眼睛说“你的主意真棒”，王旗都觉得自己的脸已经被打肿了。

无论如何，这么有趣的人有个三长两短可是世界的大损失。王旗关上出租车门，对司机说“去××医院”。

她转向身侧的车窗，窗外的景色向后飞掠过去，不禁喃喃自语道“还真是神秘啊”，说这话的时候，她自己并没有意识到自己说话了。

[二]

夏秋得知赫连出事的消息，第一时间自然是通知她父母，紧接着便在闺蜜群里通知了其他朋友。不过她本来并没有打算打扰陈萱。

孕妇这时候肯定已经睡觉了，而且群里也只有李禾多一个人回复了消息。

可陈萱却是朋友中第一个出现在医院的，夏秋惊讶极了。

“我现在在三楼手术室外。我下来接你，你在大门口等着我就行了。”夏秋一边和陈萱通着电话一边从消防楼梯往下跑。电梯太慢了。

陈萱被丈夫护在靠墙的地方，以防被来往的路人撞到。

夏秋顺路先按了向上的直梯，再跑到他们跟前：“哎，你怎么来了啊？”

“放心，我现在过了前三个月，出来活动活动没问题，而且正好失眠了。赫连怎么样？严重吗？”

上行电梯到了，夏秋示意陈萱夫妻先乘上电梯。

“挺严重的。她陪尹铭翔出去喝酒，回家没法自己开车，找的代驾。那个代驾可能难得开跑车吧，飙太快，严重超速，撞在护栏上。车是基本报废了，代驾当场死亡。赫连现在在手术室还没出来。交警翻通话记录找到我的。”

“那尹铭翔呢？”

“尹铭翔是我找朋友送回去的，和她不是一个车。”

“唉……怎么碰上这样的事。”

虽然赫连是自己认识的人中最不靠谱的，但并不是什么坏人。平时大家背后讨论她嘴毒一点，也没有带着恶意。朋友中少了谁都不是滋味，更何况是赫连。

曾经也和赫连亲近过，以为能成为最好的朋友。

一起在国外时，赫连自告奋勇要帮陈萱剪头发，她的确是拍着胸口信誓旦旦地声称自己很有经验的，否则陈萱也不会让她放手一试。结果倒不出意料，陈萱毫无疑问被剪残了。

“你不是很有经验吗？”

“……我也不知道为什么人的头发没有狗那么好剪，可能是剪刀不好，嗯，是这个剪刀不好。”

“……所以你只有给狗剪过毛的经验吗？”陈萱哭笑不得。

更让人哭笑不得的是，为表歉意，隔天赫连把她自己头发也剪残了，美其名曰“陪你一起难看”。实际上，她好像是不信邪，换了一把剪刀又试了一次。

有时真搞不懂这个人的脑回路。

那时候就想起了那件让自己一直很在意的事。

高中时女生们一起到陈萱家玩，赫连在书房的照片中第一次看见陈骁，得知是陈萱堂哥后，她眨巴着清澈却狡黠的大眼睛问陈萱："你堂哥家像你家一样有钱吗？"

"嗯，比我家更有钱。"

"他有女朋友吗？"

"没有。他属于那种很明确知道自己人生目标的人，不会和女孩子小打小闹浪费时间。"

"那，你知道他喜欢哪种类型的女生吗？"

陈萱翻着眼睛想了想，"应该是王旗那种吧。"

"啊？"

"因为我经常会跟她说身边朋友的事情，他好像对王旗蛮感兴趣的。前几个星期五，我和他家聚餐，他被派来学校帮我拿行李，当时我们好几个人一起走出来，我上了车，我哥指着你问'这就是王旗吗'，我说不是，然后他还接着问了'那王旗是哪一个'，王旗那天没在，我说这几个里面没有王旗，他好像还有点失望吧。"

"这样啊……"赫连伸了个懒腰，然后把手枕在后脑勺下，望着天花板问陈萱，"王旗到底好在哪里啊？"

"受男生欢迎呗。"

"我就是想知道她为什么会受男生欢迎啊。"

"因为受男生欢迎所以受男生欢迎嘛。男生都会跟风的，而且每个人都觉得自己和别人不一样，在王旗心目中是最特别的。他们也比较喜欢有挑战性的事，反正挑战失败也没损失啦。"

大概就是那次聊天之后，赫连就突然不和王旗做闺蜜了，原本两人形影不离，变成了赫连和唐韵手拉手的局面。让陈萱没法不在意。

于是时隔多年，顶着鸡窝头的留学生陈萱问同样顶着鸡窝头的留学生赫连："我说，你该不会是因为我堂哥才和王旗疏远了吧？"

"啊？"话题太突然，赫连没反应过来。

"那时候我说我堂哥喜欢王旗那一型的女生，你该不会是因为这个就和王旗疏远了吧？"

应该是不会的，陈萱自己都觉得这猜测逻辑上说不通。肯定只是时间点上的巧合罢了，陈萱只是想确认一下。

赫连笑起来："啊！那个！差不多啦。"

"啊？"

就因为这种轻飘飘的原因？而且现在竟然也用这种轻飘飘的语气说出来。简直和"啊！那个！早上的鸡蛋饼还不错啦"一样的语气！

赫连进一步解释道："我怕再一起玩下去我会嫉妒她，我才不要嫉妒闺蜜呢。嫉妒闺蜜，和闺蜜抢男人，最后我喜欢的男人喜欢她，那样也太悲惨了。"

"……你脑内剧场也太丰富了。"陈萱完全不知道当时自己脸上是怎样的表情。

回想起来，虽然赫连这个人脑回路是有点奇怪，但自己也好不到哪儿去。后来心里不太舒服，没和赫连做闺蜜的主要原因是——

但你为什么不疏远我啊？

你觉得自己比不过王旗，难道认为自己能稳赢我不用嫉妒吗？

话说回来，我明明比王旗强多了，你怎么不嫉妒我啊？

因为怕自己嫉妒朋友而和朋友疏远，因为朋友不嫉妒自己而和朋友疏远，这两种大概是一个类型的奇怪。所以说，再"女神"的女生也有小肚鸡肠思路走偏的时候，没有例外的。

[三]

虽然赫连这个人十足讨厌，一个小康家境的女孩子整天嫌贫爱富、眼高手低、浮夸爱炫，不知道疯到几岁才能停。但是应该算是李禾多人生中对她影响最大的人，作用甚至超过了父母，人生中出现赫连不是件坏事，只不过赫连自己不知道而已。

刚进高中时，哪怕赫连跟在唐韵屁股后面整天嘲讽这个嘲讽那个，李禾多也没有朝她多看一眼。那时的李禾多心中天真地认为，像赫连这种绣花枕头，好看不中用的典型，也就中学时蹦跶蹦跶，毕业后考不上好大学，凭家里关系找到份普通工作找个普通人嫁了，既不再年轻光鲜也没钱打扮，不信她还能有优越感。

认定“万般皆下品，唯有读书高”的李禾多觉得自己只要好好学习就能凭知识改变命运，将来把赫连瑛这种女人踩在脚下。

高二下学期的一天，早晨五点半，由于前一天把好易通落在教室怕丢失，李禾多睡不着，决定去教室门口蹲守，等一开门就第一个进教室。要知道为了要钱买这个好易通，她跟爸爸软磨硬泡了好久，还没敢告诉妈妈。

走近教室时却听见里面有人声，禾多心里一阵紧张，加快了步伐。教室门已经开了。她往窗口望进去。站着的人是夏秋，此时正一边脚踩在座椅上拆护膝，一边拿着书念着什么。

哦，这也是正常的，夏秋是篮球队的，可能每天都要早起跑步。

但坐着那个不是赫连吗？她这么早到教室干什么？

“健忘的。”夏秋说。

赫连在本子上低头写了写，然后说“好了”。

“原谅，宽恕。”夏秋说。

赫连不满地把自己的脸撑起来：“真是的，跟你说了别按顺序报啊。”

“哦哦，好。”夏秋把词汇手册往后翻了翻，“嗯……几何学。”

赫连又把头低下去写了。

所以……赫连瑛这么早到教室是为了默单词？

李禾多震惊得迈不开腿，连自己到教室是来干吗的都忘了。

在此之前，赫连瑛在她印象中就是个长相中上娇滴滴的傻瓜，跟“学习”两个字从来没半毛钱关系，虽然她成绩不算差，但应该就是靠点小聪明在混日子，将来一分班就会歇菜。

在此之后，李禾多放在赫连身上的注意多了起来，才知道自己太盲目自大了。高三分班考试时，赫连成绩不差，竟然与李禾多同班。要是从前，禾多肯定也不会放在心上，总觉得她应该只是侥幸或者开后门了。

还有什么比赫连瑛用功读书更让人恐慌的？

那些家境好的女生情商不低，长得美的女生还擅长打扮，自己一直幻想靠着读书成绩好将来“丑小鸭变白天鹅”，可突然有一天，却发现她们成绩也不差，甚至比你更努力。拿什么去赢？

如果没有赫连，禾多可能22岁以前都意识不到只会读书根本不够。

从上了大学开始，李禾多放下了土气的马尾辫，戴起了美瞳，学会穿得体的衣服使自己看起来比实际身高苗条修长，熟稔察言观色待人接物，懂得取悦人心，也许总体而言依然比不上那些顶尖的女孩子，但她在改变，争取在普通的、浑浑噩噩的女孩中间显得足够出众。

几年过去，随着心智的成熟，她明白了自己的上限远远比自己小时候想象得高远。

但是几年过去，每次见到赫连，她还是有新的变化令人惊艳。

就在李禾多找了前一任富二代男友，幻想着嫁入豪门的时候，赫连又一次改变了她，这次赫连同样没有意识到。

禾多想与男友圈子里的那些女孩成为朋友，她们相约健身，她也咬牙办了健身卡，她们身穿名牌，她也花大量时间在便宜品牌中寻找相似的款式，她们戴着华丽的钻石首饰赴宴，她只能去淘来水钻仿造的项链手链……她努力地模仿她们，谁知她们竟在背后嘲笑“这个女人还能不能有点品位了？不知道假货总归是假货吗？一和真的对比立马现原形”。

饭局上遇见赫连。赫连的打扮与那些富二代女生相比也差了一截，她可以有几个名牌包，但做不到从头到脚都是名牌，衣服是不知名的牌子，不模仿哪个大牌的款式，没有过分地露胸，也知道遮好大腿的赘肉，身高优势摆在那儿，气质不差。人缘很好，至少表面上大家都与她竞相交好。

“为什么要在女生聚会时穿仿款呢？”赫连反问，“内行人鄙视你，外行人嫉妒你。有什么好处？”

不管是男人还是女人，所有社会人的人际交往，第一要诀就是要看到好处。

专柜销售员的层次可比禾多这样的还低，那些富家女怎么忘了鄙视？为了拿到心仪的限量包，还不是争先恐后给销售们小贿赂，巴结她们，主动邀约她们喝下午茶。

用不着模仿任何人，模仿了也没有用。

如果你手里有别人想要的资源，自然会有朋友。

赫连是如此市侩，禾多也向她学了一点市侩。整个社会都是市侩的，可以对个别人有真情，但不能待谁都天真。

时至今日，禾多依然嫉妒赫连，赫连永远是她的假想敌。可这嫉妒并没有什么不好，托她的福，让自己成了更成熟的人。

## [四]

夏秋的目光一直定格在手术室门上方的红色亮灯指示牌上，看久了，视线有点模糊。不远处传来李禾多安慰赫连父母的声音，大致是“一定没事的”之类毫无根据的保证。夏秋暂时不想说话。

李禾多前男友的现女友成为了第二个李禾多，甚至有过之无不及，至少禾多在失去自我之前就抽身离开。前几天那女人朋友圈里发的美照又被赫连开小窗嘲笑了。

“看，又是假货。”

夏秋有点惊讶：“这件我也买了，还在代购那儿，仿品竟然这么快！”

赫连说："你去跟代购说退了吧，你穿肯定像食堂烧饭的阿姨。你拿什么去跟身高一米七六的模特比？"

夏秋还真的去跟代购商量"能不能帮我转了，我朋友说我穿肯定像食堂阿姨"了。

代购笑："哈哈哈哈，毒舌的都是真爱。"

夏秋自己也笑起来。

和赫连还算不上"真爱"吧，除了吃吃喝喝买衣服之外，毕竟没有思想上的交流。

——在禾多、王旗她们看来也许是这样。

夏秋刚和前男友分手的那段时间，不想见任何人，只想自己宅在家，或者一个人逛逛街拍拍照。朋友们一方面知道她习性，另一方面各自也有工作，无暇顾及。唯独赫连这个不识趣的，三番五次带来外卖赖在门外，扬言"不开门就不走"。起初夏秋深感头疼，甚至不惜在自家门外撒满广告单来伪装不在家，但几次都不奏效，总被赫连识破。后来也懒得挣扎了，直接给她开门放她进来。

"我比你还惨好吧！"赫连嫌她开门慢，态度不够热情。

"我知道啊。所以我俩更不应该碰面了。两个怨妇相加，能有多正能量？"

赫连打开她的衣橱，翻找了半天，挑出一件红得很艳的裙子："穿这个，打扮起来，我带你见识正能量去。"

夏秋朝天花板翻了个白眼："我现在哪有心情？"

"没有心情创造心情嘛！"赫连接着拿出另一条裙子，在胸前比了比："这条借我穿。"

“会撑爆的。”

“……”

赫连不信邪，果然只用了十分钟就成功弄坏了这条裙子背后的拉链。

夏秋临出门时望了眼扔在床上的破裙子：“我心情更差了。”

“我也是。”

赫连硬拖她去的地方无非是酒吧，夏秋猜也能猜到，赫连的脑容量只有这么点，想不出太美妙的行动。不过和夏秋会去的酒吧类型不同，赫连的偏好是那种吵闹得无法聊天的。赫连踩着音乐节拍跳着癫痫患者痉挛一样的舞。夏秋坐在吧台边慢慢喝烈酒，脑袋里塞满噪音，暂时容纳不了那些不愉快的事。

有男士从人群中挤过来向夏秋搭讪。

赫连闻风而动也跟着挤回来：“那人怎么走了？”

“就是无聊搭个讪，想要微信。没给他。”

“哼，怎么没人搭讪我！”

夏秋没好意思告诉她是因为她舞跳得太“车祸现场”。

“没给他是对的！要微信的都是约炮，要电话的才是想交往。”

夏秋忍俊不禁，点头附和道：“你说得对。”

那个瞬间突然觉得，自己还年轻漂亮，还没与这张狂的喧嚣格格不入，还腰细腿长穿得上0号的裙子，还有人搭讪哪怕是为了约炮，世界还没那么糟。

与赫连在一起是感觉不到时间流逝的，那么没心没肺，那么没头没脑，得过且过的劲儿就像永远十七岁似的。

真正十七岁那时，赫连就更“智障”了。冬天去她寝室找她商量班里的文体活动，差点没被吓死。她一个人穿着白色长睡袍在屋里一边哭一边掀蚊帐。夏秋对她的精神状态不太信任，只敢在门口探个头问：“你干吗呢？”

“蚊帐顶上全是飞蛾。”还带着哭腔。

“哪个寝室都这样啊。冬天就是这样。”

“好恶心。”赫连无比期待地望着夏秋，“你会抓吗？”

“用手抓才恶心。”

“不抓赶不走啊。”好像要继续哭下去的表情。

无论怎么掀，飞蛾都粘在蚊帐顶上纹丝不动。夏秋想说“闭上眼睛睡着就看不见了”，但显然赫连不可能接受这种设定。

“好吧。”夏秋有点无奈地走进去，顺手关了寝室灯。

赫连一惊一乍地追在后面问：“你干吗？”

夏秋不想跟她废话，没回答。她只是找出赫连的书桌，把台灯拔下来，插到离窗口最近的插座上去，然后把台灯放在外面窗台上开亮。过了一会儿，飞蛾们自觉朝台灯飞过去了。夏秋把窗关上，灯关了，回头对赫连说：“你明天早上起来再把台灯拿回来吧。”

赫连突然双手勾住她的脖子，在她脸上亲了一下：“太帅了！你要是男生我就嫁给你！”

我要是男生还不想娶神经病女生好吗！

夏秋惊恐地逃走了，回到自己寝室后才想起本来是去商量班级活动的。

好像后来这神经病还持续叫过自己一段时间“老公”，夏秋快忘了。

直到今天晚上，夏秋赶到医院后认领了赫连的私人物品，看见自己在她手机里居然还被存为“老公”，才悟出交警为什么会给自己打电话通知事故，顺便也明白了，听见自己“喂”了一声后电话那头的交警为什么迟疑半晌没说话。

神经病真爱实在难懂啊。

夏秋望着“手术中”的亮灯，想起这些往事，想起当年不想明天的彼此，忍不住想笑，笑着笑着视线就模糊了，越来越模糊，最后那灯灭了。

手术结束。

[五]

不是在少女时期进入学校的那天迅速成为志趣相投的朋友，而是在之后较长的一段时间用眼睛观察，用脑子考量，斟酌利弊，主动地或是勉强地玩在一起，读书时作为学校的中心人物小团体，工作后成为各行各业的佼佼者，这些女生的友谊从来不是单纯的。

想获得赞美，却吝惜赞美，想过得幸福，在朋友过得幸福时却无法由衷地祝福，假笑后转过身暗下决心一定要更加努力超过她们。

戴着假面矛盾地相处着，生活也因为充满嘲讽而变得稍稍轻松一些。

但无论平时多么面和心不合。

在生离死别前，她们都懂得珍惜彼此。

灰姑娘的故事固然美好，
但水晶鞋如果合脚，当初就不会掉。

[一]

接连两个星期。

夏秋顾不上和陈骁联系，陈骁竟也连电话都没有一个。听陈萱闲聊时说起，才知道他新开的工业园项目资金有点跟不上，正头疼。

“启动资金还差多少？”

陈萱摇摇头：“启动资金并不差，主要是他想控股，必须投的都是自己信得过的资金。他爸那边只给他固定资金创业，再多不给了，自生自灭由他去。我家这边有别的投资压着资金，能拿出的数目已经都拿出来了，他自己会所也没那么快收回成本。控股需要三亿，结果最后被三千五百万难死，我都替他郁闷。”

“住房不能办抵押贷款吗？”夏秋觉得按他的情况，从银行贷出五六千万并不是难事，毕竟有固定资产。

“住房抵押贷款只能从事购房及房地产相关以外的商业活动，他这个算房地产相关了。他现在在犹豫要不要找民间借贷。”

夏秋撑着下颌想了想，长吁了一口气，喃喃自语道：“三千五百万是吗？”

[二]

过了三天，夏秋约陈骁吃晚饭，陈骁订了比较有情调的酒店，临江的位置，但事先他并没有去过，到了现场才发现，夏秋的座位背对着江景。陈骁笑起来，拖开他身侧的椅子：“都说人们常来这里求婚才好奇的，座位设计成这样，江景有什么意义呢？”

夏秋仰起脸也笑着：“你不是已经求过婚了吗？”

陈骁一边铺开餐巾一边说：“跟风赶个时髦吧。我觉得你今天好像有话要对我说，一般你不会主动联系我。”

“找你谈工作。”

陈骁好奇地瞪了瞪眼：“你的不是已经完工了吗？”指的是给会所画的瓷板。

“听陈萱说你最近差三千五百万。”

陈骁微微皱了眉，提起让他郁结之事，他的倦容才浮现了一点，苦笑道：“你们小朋友还真是什么都聊。”

“不跟你开玩笑。”夏秋从包里拿出纸笔放在他面前，“你给我一个账号。”

陈骁没有动。

“你哪来三千五百万？”

“不全是我的。帮你借了一些。回报按18%算，能接受吧？”

回报不算高，民间借贷有开口要40%的。问题是什么人能借给她这么多钱？据他所知，夏秋的家境一般，父母肯定帮不上忙，她自己最多有五百万存款，这都是可以估算的。

陈骁满脸疑问。

“买过我瓷板画的姐姐，都有一定交情，平时我也会帮她们把关别的艺术品投资。珠宝下百万的不戴，手上不少于几千万，五分之一借出来投资还是很轻松的。特别是，”夏秋说着笑了起来，“借的对象是你。”

陈骁低头在纸上写下账号，递给夏秋。

“明天会写好借据，注明收益率。另外，”陈骁神色变得严肃起来，“我必须向你道歉。”

“嗯？”

“上次你说‘想找一个相信你的人’，我说这违背人性。可是想想，你一个二十多岁的女孩，这么多人比我信任你，把上千万借给你。我很惭愧。”

夏秋淡淡微笑：“你生在这样的家庭，防备心很强是自然的，慢慢来吧。”

主菜刚上来，对桌的客人突然拿起手机，闪光灯晃了夏秋的眼睛。女生蹙了蹙眉，心里又纳闷，这又是为什么偷拍？

又过了几秒，发现不对，并不是在拍自己，而且面向这边的那些人都站起来拍照了。

夏秋回过头，想看看外面有什么稀奇事，才看见江对岸的高楼上一整面墙的LED显示屏上出现了对自己的一句告白。

陈骁说：“别看我，我自己都不好意思了。事先安排好的，现在觉得你一定不会喜欢这么张扬。”

夏秋笑了：“谁说我不喜欢？”她凝视着陈骁的眼睛问，“你为什么爱我？”

“可能是被你骗了吧。我有一种感觉，如果不拼命追你，就随时都可能失去你。”

夏秋慢慢地眨了眨眼睛：“你知道我为什么爱你吗？”

“你爱我吗？”

“你平等地看待我。”

陈骁望着她的眼睛，有点动容，半晌没有说话。

夏秋从包里拿出他送的戒指，连戒指盒一起递给他：“求婚不做够全套吗？”

陈骁重新拿着戒指盒，看着夏秋单膝跪了下去。在餐厅其他顾客的欢呼和掌声中，夏秋由他为自己戴上了戒指。

灰姑娘的故事固然美好，但水晶鞋如果合脚，当初就不会掉。

如果此生非尹铭翔不可，就不会经历这么多分分合合。

夏秋沉下心，只想找一个有担当、看得起自己的人，只有这么简单的愿望。

[三]

“为什么伴娘服不能像婚纱那样订Vera Wang的呢？”王旗对镜子里自己的试穿效果显然不满。

“婚纱也不是Vera Wang的啊。”夏秋略带无奈地说，“是我朋友帮我设计的。要不是为了避免宾客认为陈骁家快破产，我连乐队都不想请。只想办个那种野餐会一样的，大家吃得随意就好了。”

“你太差劲了。”禾多深吸一口气，把小肚子藏起来，睨了她一眼，“还能不能好好当人家太太了？婚礼这种事既然自己承担下来，就得尽职尽责弄出点声势来，不能露出一点没见过世面的小家子气。不管怎么说，这也是你第一次承办，婆婆会在心里给你打分的，你这也随随便便那也随随便便，以后人家对你也随随便便，根本不拿你当盘菜。”

夏秋点点头，“道理我知道，就是太累了。虽然有礼仪公司，可我怎么觉得事事还要自己拿主意。”

禾多换下那件伴娘裙，出了试衣间扔回给工作人员：“有没有比较遮肚子的款式，比如前面有点褶皱或者蕾丝什么的？”

“有的有的。您稍等。”

禾多找沙发坐下，继续做夏秋的思想工作：“当然累了，你以为你以前参加的那些party，都是女主人对仙女说‘办一个’就变出来了吗？”

夏秋笑起来：“你说得对。”

“你也绝对不能这儿省钱，那儿省钱的。陈骁这种家庭，面子比幸福重要。虽然听说最近你和他经济都不宽裕，但一百万能不能花出两百万的效果就看你的能力。绝对不能寒酸，穷成随时准备卷款逃跑的样子，人家怎么还敢安心把钱放他那儿？”

夏秋笑得更深一点：“你说得头头是道，为什么不来帮我忙？”

禾多耸耸肩：“你饶了我吧，工作够忙了。年底我自己也得办一场。”

“真羡慕你，什么都敲定了。就我还没着落。”王旗也已经把礼服换下，躺倒在沙发上，“都说做三次伴娘就嫁不出去了。我这都已经第四、五次了吧，我自己都记不清了。我这辈子估计是穿不上婚纱，你就不能找点高大上的礼服让我过过瘾吗？也就在你这儿有机会了。”

夏秋被说得没退路，起身对兴冲冲抱了一堆礼服走过来的工作人员说：“不好意思，今天就到这里吧。”

“那要约一下下次的时间吗？”

“如果需要，我再电话联系你。”夏秋对她露出礼节性的微笑，把她打发走之后，转身来拖王旗，“依了你了，回去我就跟专柜联系预约吧。”

王旗兴高采烈地挽着禾多，刚出门，突然停住脚步，禾多却按照惯性向前冲去，一个趔趄，转过身抱怨“怎么不好好走路”。

“禾多、夏秋你们看。对面咖啡馆那个男的是不是赵晋航？”

夏秋有点近视，凑到她肩膀边觑着眼问：“赵晋航是谁？”

王旗做出要打她的架势：“要死了，你连禾多男朋友都不记得？”

“啊，我哪知道他叫什么，你们没有给我介绍过。”

“是他。”李禾多淡定地转身往停车处方向大步流星地走去。

“欸，不上去打架吗？”王旗追上来，“我们人多。”

“打你个头。”

“可是……那女人是谁啊？你们谁能给介绍一下？”夏秋也追上来。

“他前女友。”禾多头也没回。

[三]

禾多的处事原则之一：绝对不要头脑发热，泼妇是没有人喜欢的。

前女友是陈萱留学时的同学，当时好像是甩了她男友和一个同样在外留学的富二代闪婚了。禾多是在她结婚后半年才经陈萱介绍认识现任男友的，本不存在任何交集。

明明已经结婚的人，这时候又来和前男友单独会面，谁知道打的什么主意！

关键是，这次会面，男友并没有向禾多报备过，平时他可是毫无隐瞒的。

据说陈骁的妈妈让陈萱不要参加婚礼，因为好像有孕妇不适合参加婚礼的习俗，对新人和孕妇都不好。所以婚礼仪式前，陈萱约了夏秋见面，禾多可不会放弃这次打探消息的机会，拉上王旗也加入进来，于是又变成了四人下午茶。

陈萱拿出大大的礼金红包，早早完成了她此行的主要目的，剩下的内容便只剩下八卦了。禾多顺势提出了自己的疑问。

“前女友？”陈萱想了想，“噢对，前段时间是听说她过得不太好。”

一听过得不好，禾多心中暗喜，也不想这和自己有什么关系。

“怎么不好了？”夏秋替她问出了关键问题。

“好像是因为她老公不能生育，这个消息一传出来，同学圈里一片哗然，都说当年就觉得两人不太般配，不是一个级别的家世，难怪那么容易嫁进去。据说男方家里早就知道，就是隐瞒了。”

“啊，好惨！那怎么办啊？”

“她也是蛮狠心的，很多人就凑合过了，特别是女的，但她坚决要离婚，而且想办法让老公成为过错方，分了一大笔。”

“我怎么觉得韩俐颖就想走这条路？”王旗说，“她现在拖着不肯离不就是想分到更多吗？”

“说到这个死女人，我也有料。前几天才听到些谣言，关于夏秋的，我已经把他们骂回去了。”陈萱朝夏秋使了个“放心吧”的眼色。

夏秋显然还是好奇：“我又怎么了？”

“韩俐颖和韩迦绫在外面到处说，韩俐颖嫁给尹铭翔没拿到一分钱，反而要养着尹铭翔，尹铭翔老爸因为他和你交往的事跟他断绝了父子关系，而你把尹铭翔自己那点钱已经榨干了，他现在就是个穷光蛋。”

“所以，韩俐颖的意思是，她是出于圣母的情怀嫁给尹铭翔的咯？”禾多插嘴道。

夏秋深呼吸：“编剧能力三流。”

“你别说三流。很多人都信了，真没救！”

“好吧，这么多人是有病了吗，自己过得狗屎一样，还盯着人家想看笑话。”禾多替夏秋生气，转头问她，“上次被韩迦绫闹得烦心，这次可不能这么算了。”

“不是大事。你先处理好小赵同学和前女友的事情，上海这么大不太可能巧遇，你要留个心眼了。”

“他没解释吗？”陈萱问。

禾多摇摇头：“他压根儿没说前女友回来了。”

“隐瞒绝对没好事。”王旗说，“一般都是想闷声耍流氓。”

禾多没有回答，好像已经开始在思索对策了。

这件事没有在朋友心中激起什么涟漪，只有夏秋吃过晚饭后给陈骁去了个电话：“你没什么病吧？”

“有，我每天吃一个媳妇儿，已经放弃治疗了。”电话那头正伏案加班的陈骁揉了揉眼睛笑着说。

夏秋也觉得自己太无厘头了，不好意思地笑起来：“你想吃什么？我给你带去。”

“你过来看我就好。”陈骁本来想表达“已经吃过”之外的温情含义，说出口才发觉好像暗合了前面那句玩笑，自己先笑出声。

“那我不打扰你工作了，晚点再去看你。先去一趟赫连家，之前约好过去送请柬了。”

“好，我等你。”陈骁在那头说。

[四]

赫连自从出了交通事故就变得不太正常。

其实，出交通事故之前她也不能算正常，只不过变得更加不正常了。

“刚才进门，你妈又让我劝你回去上班了。”

“不行，我的容颜还没有恢复。”赫连一边说一边照着镜子。

夏秋有点无奈：“怎么没有恢复？你现在上大街去喊一喊‘我撞车毁容了’，肯定马上被送精神病院去。”

“这是涂了遮瑕，疤还是有的啊！”

夏秋撩起裙子，指着膝盖说：“我高中时摔跤留的疤都比你那明显。”

“你为什么要拿我的脸跟你的脚比？会有男人凑近来亲你脚吗？”

“……”夏秋无言以对，“反正你那真看不出啦。”

“我已经决定参加完你的婚礼就去韩国整个容了。”赫连好像完全没有在听她说话。

“啊？祛疤吗？”夏秋单纯是出于对科技进步的好奇。

“我不是去祛疤，是去抽脂啊。”

“……先抽一下脑子里的水比较好。”

“哎，你好烦，怎么跟我妈一样唠叨，你到底是不是我同龄人？”

夏秋举出投降手势：“可以不用讨论这个话题了。”

“再说，现在的情况是‘Garden Leave’，整天逼我上班上班，去哪儿上班啊？”

夏秋瞪大眼睛：“你没跟你妈商量就辞职啦？”

“辞职为什么要跟妈商量？”

夏秋一想也对。

“不过，干得好好的，干吗要辞职？”

“我好歹是死过一次的人了，也想开了，人生就是应该及时行乐。你不知道撞车多吓人！”

“……我知道。”

赫连没有理会夏秋，继续说下去：“我当时根本没有醉，意识特别清醒，能感觉到撞的。根本不是我往玻璃上撞，感觉完全是一面车窗‘呼’一下扇过来！整个人当场被打蒙然后脸上湿湿的，血流下来，而且还叫不出声音！”

夏秋从包里拿出一页纸递给她：“关于这段你已经讲了不下五十遍，见人就说，见一次说一次。我帮你整理成文字版了，你找下一份工作时记得抄进简历里，一定超加分。”

赫连也听出了讽刺，白了她一眼。

“及时行乐什么的改天留着骗妈妈吧，你就是懒筋发作不想上班了。”

“才不是，我是想泡老板。”赫连一时心急把真实意图暴露了。

夏秋好像并不觉得意外，饶有兴趣地笑着看她：“公司规定不能有办公室恋情吗？”

“嗯。”

“递辞呈时老板什么反应？”

“我发的邮件。”

“他没说要来看望你吗？”

“怎么可能让他来！脸这样子！”

“要我说几遍，真的看不出。”夏秋也无奈得找不出话来劝慰了，“你会来参加婚礼吧？”

“你会邀请我boss吧？”

“一定帮你确认到。”

夏秋临走时，赫连送她到家门口，夏秋突然想起来，问道：“尹铭翔最近怎么样了？”

女生一边换鞋一边回答她：“忙离婚买房。”

不对，正常人不是都忙结婚买房吗？

“你会不会邀请他参加婚礼？”

“如果像你一样被车撞了脑袋，可能会。”

[五]

婚礼当天，禾多说要另找个安静的房间打电话，只留了王旗在化妆间陪夏秋。拾掇好之后，化妆师暂时离开，夏秋在镜子前牵着婚纱转了一圈，王旗满脸愁容地说：“别闹了。”

“嗯？”夏秋愣住了。

过了半晌，她才意识到王旗不是在对自己说话，转过身去看向门口。

尹铭翔站在那里：“我没有闹，我只想和她单独说几句话。”

王旗用目光征询夏秋的意见。

夏秋点点头，王旗出了化妆室，关上了门。

尹铭翔望着夏秋许久，最后把她揽进怀里：“跟我私奔吧。”

夏秋面无表情地推开他：“不好笑。”

“不是跟你开玩笑。”

“那就更惨了。抓紧时间回家离婚吧，今天我要结婚。”

“我确实犯了错，可是我会改，你也有犯错的时候，你为什么不能原谅我再信我一次？就一次！”

夏秋目光呆滞地看着他，不说话。

男生恢复了低落的语气：“夏秋你变了，你以前不是这样的。也许你认为我很幼稚，从什么时候开始，你也像他们一样把激情当幼稚了。”

“我不觉得你幼稚。你不相信爱情吗？”

“诶？”尹铭翔有点困惑，“我当然相信。”

“我只是不爱你了啊！”

“……”

“你是我认识的人里面最最最最杰克苏的drama king，我平凡的人生根本无力负担，以前我觉得你很帅很拉风，现在你一出现我就有溺水感，还谈什么爱情？有哪个三次元的正常人会在别人结婚当天找新娘吵架，说‘你变了’‘你把激情当幼稚’这种中二的话？你放过我好吗？赫连已经是我能承受的不正常人类最上限，你努力回到和她同一水平线再来和我做朋友好不好？”

夏秋语速极快。

尹铭翔觉得好像有哪里来的隐形气流把自己击中了，半晌没有反应。

门外却响起了女生的笑声。单影推门进来，冲已经石化的尹铭翔摆摆手：“不好……哈哈哈不好意思，我不是故意偷听的，我是来看看夏秋穿婚纱，哈哈哈哈哈哈。”

尹铭翔盯着她，不好发作，只能叹了口气，退了出去。他刚带上门，单影就更大声地笑了起来：“给你点个赞，drama king 无误。我第一次见你们俩在一起——那时候你俩不知道我在——他就是电视剧风范，‘你把我当成什么’‘请你也看着我’‘也看一看我吧’那样。当时没觉得不正常，因为你们脸长得太美了。”

夏秋努力在记忆里搜寻有没有这样的场景，最后笑了起来。

“怎么说呢，我们都会有文艺的、孤独的、热血的、出世的时候，人是复杂的。但像尹铭翔这样人生如戏的，真的无法共度一生。夏秋，你会幸福。”儿时的朋友深情地看着她说，“你穿婚纱真美。”

夏秋眼中有泪，和她简短地拥抱了一下。

“是你设计的婚纱美。你这是要改行进军设计界了吗？”

“做这件婚纱用了两年时间，在你遇见新郎之前就开始帮你设计了，这种效率进军设计界会被饿死吧！”

双方都恢复了轻松的语气，闲聊起来。

[六]

尹铭翔想不通自己失败在哪里。

明明最后夏秋所有的闺蜜都站在自己这边了，为什么还是输给陈骁?

事先并没有想过做最后的争取，反而是以前有点看自己不顺眼的王旗来鼓励，朋友不应该是最了解夏秋心意的人吗？就算不是夏秋授意，也应该是在夏秋眼睛里看见真实感情了才会这样决定吧！尹铭翔困惑不解。

如果不是王旗前一天来找自己，自己连夏秋结婚的消息都不知道。

“我觉得夏秋并不快乐，她和陈骁之间根本没有爱情，就像只是合作伙伴似的。我是说真的，夏秋看你的眼神不一样。”

“我会帮你创造机会，支开别人，明天我给你发短信之后你直奔化妆间。”

“这种时候什么都用不着说，一把抱住她就可以了。”

……

一切都是按王旗教自己的步骤进行，却没有达成她最后的结论——

“她肯定会不顾一切跟你走的。”

究竟是哪个环节出了错?

真是忙中出错。

王旗出了化妆间才想起一个最关键的问题，她不知道新郎此刻在哪里。因为怕夏秋战斗力太强很快就把尹铭翔击退，王旗急出了一身汗，再加上穿着礼服和高跟鞋在整个酒店跑上跑下，发型都凌乱了。最后找到陈骁时倒是增加了几分“十万火急”的真实效果。

“怎么了？”

“糟……糟糕，尹铭翔……”王旗大声喘着气，“尹铭翔不知道怎么来了。不会是来砸场的吧！”

陈骁歪着头逐字斟酌过她说的话，确认不是自己听错：“他来不是很正常吗？他和你们那么好的朋友，难道没有邀请他？为什么不邀请他？”

王旗没想到陈骁是这种反应，但考虑到宾客名单可能是夏秋自己决定的，陈骁也未必留意到一两个尹铭翔。

王旗脑子飞速运转寻找对策，在陈骁眼中成了欲言又止。

陈骁也觉出有些不对劲，追问道：“怎么回事？”

王旗装出无意失言的表情试探道：“尹铭翔是夏秋的前男友，夏秋没跟你说过吗？”

陈骁脸色变了，大步流星往夏秋那边走去，王旗刚想露出个顺利完成任务的笑容，又被陈骁突然回头吓了回去。

“我不明白了，尹铭翔来砸场，你不保护夏秋，在这里干什么？”

王旗赶紧拎着裙子从楼梯上下来：“哦，我这不是来搬救兵嘛，万一打起来，我也打不过尹铭翔，在那里也没用啊。”

陈骁没再跟她纠缠，走到前面去了。

肯定不能和陈骁一起出现，要不就要被夏秋识破是自己喊了陈骁过来。快到化妆间时，王旗趁陈骁没注意，找机会溜了。

眼下最重要的是——找杯香槟吧。

王旗穿过宾客已经入座的大厅，在华丽的九层翻糖蛋糕旁边找了正在准备酒水的侍者，从他那儿提前领到了一杯香槟。

味道真好。

——这样才公平嘛。我都快变成剩女了，你居然在考虑高富帅A还是高富帅B怎么挑。

王旗把散下来的额发塞回头顶，想着待会儿再让化妆师给自己弄弄。

她微笑着转过身，笑容却突然僵在脸上。

最熟悉的那个人站在三米开外，不知已经看着她多久了。

王旗不自然地扯了扯自己的礼服，深吸一口气，挤出爽朗的笑容：“我不知道你也会来。”

对方微笑着说：“夏秋不仅发了请柬，还一再打电话让我一定要来。”

王旗咽了咽口水。

“她说你现在单身，很巧我也是。”

不是命运安排的重逢，是夏秋安排的重逢。

王旗不知道自己的脸色有多难看，她垂下眼睛望着杯子里的香槟：“我犯了个错。”

“我也是，离开你是错得离谱了。”

原本那么有默契的人，这一刻的对话好像并不在一个频道上。

[七]

婚礼快要开始了，男友却一直没有出现，电话也不接。虽然没有实质性的坏事发生，也不是必须要来参加婚礼，但禾多有种不好的预感。他不是这种连个招呼都不打、说不来就不来的人。

她本来躲在迎宾台的另一侧不停拨打男友的电话，突然，有什么从眼前飘了过去。

等等！

刚才那是什么？

连打电话的行动都终止了，禾多难以置信地回头去用目光追寻。

赫连瑛！

这到底是在干什么？

妆容，完美。服饰，完美。发型，完美。

她确实从来没有打扮得这么正确过。已经入席的宾客纷纷侧目，一阵骚动。

但是！

这是夏秋的婚礼！

陈萱婚礼上，韩俐颖只是穿了个Valentino就被她骂成贱人了，然后她自己在夏秋婚礼上穿着Elie Saab的高定来了——而且是雪上加霜的正红色！

这算什么？因为不能做伴娘产生的怨咒吗？

虽然很理解她宅了太久急于想以艳惊四座的方式回归社交圈，但这已经不是让来宾认错新娘的程度了，陈骁会认错夫人的啊！

李禾多很想冲上去把她拖走换件衣服，却像被施了定身术，人生第二次，赫连让禾多震惊得迈不出脚步。

她甚至没有注意到自己的手机掉在了地上。

[八]

夺命连环call终于停止了。

赵晋航长吁了一口气，开始盘算待会儿用什么借口搪塞一下禾多。本来前女友要开始自己创业，找他陪同看看店铺地址，这也无可厚非。但禾多知道了一定会多心的，还是不要让她知道比较好。

赵晋航不知道禾多一直疯狂打电话的原因是自己忘了夏秋的婚礼。

他更不知道此刻，那位声称去借用洗手间的前女友也在打电话向朋友汇报战果："他上钩了。"

"别高兴得太早，"电话那头缓慢地说道，"他现任也是有手段的，我再熟悉不过了。"

陈萱挂了电话后，倚在窗边，朝落地窗外远处建设中的高层豪宅望去。

猜想着李禾多此刻的表情，她的娃娃脸上露出了意味深长的微笑。

——就凭你，也想和我做邻居？

[九]

很多表面看似牢不可破的友谊，本质其实是相爱相杀的关系。

戴着假面矛盾地相处着，生活也因为充满嘲讽而变得稍稍轻松一些。

无论平时多么面和心不合，

在生离死别前，她们都懂得珍惜彼此。

而在不面临生离死别的时候，

她们会因为任何鸡毛蒜皮的原因，抓住一切机会，分崩离析。

[十]

周六举行婚礼的好处是，第二天，即使再日理万机的合作伙伴也不会带着突发情况来骚扰。

你还能睡个懒觉，

喝杯咖啡，

打开前厅大门，

清风拂面，

让自己误认为，

现世安稳，岁月静好。

接着，你可以享受生活送你的“旺旺大礼包”了。

你以为自己出现了幻觉，揉了好几次眼睛，可是，对面那幢楼阳台上开心地笑着朝你招手的前男友还是没有消失。

噢！你想起来了！

在很久很久以前，七年前？还是十年前？一个晚自习的放课后，教室里的白炽灯光为你披上一层柔和的光晕，天空落下零星的雨，有个人自告奋勇帮你倒了垃圾、买回了防水鞋套，你犹豫着对他道谢，有点不好意思直视他的眼睛。

——多么青涩又美好的青春回忆。

那时候他说：“我想……”

——你千万不要记错。

他说的是“我想和你做邻居”。

——可不是别的什么。

那么早之前就已经告诉你了啊，这么长时间你却没能像你的好朋友那样学会择邻而居。

能怪谁呢？

夏秋倒吸一口冷气，抚着额头，仰头望天。

星期天临近正午的阳光真灿烂。

有点令人晕眩。

——END

# 后记　生活的假面

有一种美好的祝福，叫作“愿你如微信相册里那样过得好”。

我的两个朋友，一个是白富美，嫁了普通白领，从娘家的别墅搬出来去过公寓里的平凡日子。一个是灰姑娘，嫁了年薪百万的精英，她妈妈在广场舞团队中都扬眉吐气起来。

她们俩就是典型的“在生离死别前，懂得珍惜彼此”“在不面临生离死别的时候，抓住一切机会分崩离析”。掀桌吵架了，过半个月又不知为什么在一起逛街，好了没几天又互相摔电话。总的来说，灰姑娘小姐对白富美小姐始终不服气，敌意更多一点，私下的小阴谋、背后的小动作也更多一点。

白富美小姐在大学时就有一辆超跑，红色皮座椅，不怕晒，可以敞篷。那是很长一段时间里我唯一认识车标的豪车。

前几天，灰姑娘小姐在微信朋友圈发了几张车的照片，白色车身，红色座椅，霸气车标。她用词含糊，又带一点飘飘然的态度，很容易让人以为是她的车。

我一边吃饭一边看见了，十分困惑："灰姑娘小姐平时那么嫉妒白富美小姐，怎么会借她的车来搞这种摆拍？这不是相当于自己承认比白富美小姐矮一截了吗？毕竟两人共同的朋友那么多！"

更不用说，就在不久前，灰姑娘小姐利用职务之便用白富美小姐的身份证号去把她查了个彻彻底底，从中揪出了她不想为人知的一点隐私并到处散布。白富美小姐也不是好惹的，直接公事公办，向单位投诉了灰姑娘小姐。所以两人正处于冷战阶段。

共同的朋友听我这么说，好奇了，拿手机打开微信："也许是她自己买了呢？"

我说："要真是她自己买的，肯定会从看车提车到拍牌连发十几条朋友圈，她以前又不是没买过车。"

朋友终于翻到她的照片，当即笑出了声："这显然不是白富美小姐那辆！白富美小姐那辆是敞篷跑车，灰姑娘小姐这辆是轿跑。你不能因为见过白富美开××，就总觉得全世界白色××都被她承包了啊！"

灰姑娘小姐太可怜了。

好不容易找到个圈外人士，厚着脸皮把人家车里车外拍了个遍，斟词酌句写好配文，发朋友圈向世界宣告"你白富美有的东西我也有了，坐等赞"……却偏碰见我这种天敌。

白富美小姐听说后笑了一个星期，急于想让灰姑娘小姐心塞，打破僵局主动约她，于是我们又能看见她们坐在一起喝下午茶了。

相册里的，是生活的假面。

见面喝下午茶时亲眼所见的，是生活的表面。

最真实的那部分绝不能公之于众。

在单位被同事嫉妒排挤，围观公司合伙人内斗却站错队，工资花太快付不起房租，结婚时名字加不进婚房房产证，一年三百六十五天只有五天不加班……这些怎么能向朋友们倾诉呢？一旦你暴露了自己的弱点，她们转身就会飞翔成霍格沃茨的猫头鹰，把你的坏消息传递给全世界，比发一条朋友圈的速度还快。

那些沉重与苦闷，悲伤与痛苦，抑郁与残酷，变成不能说的秘密。而这冰山下的真实又使各自假装的幸福戏剧化得像海市蜃楼，美好得荒诞不经，美好得放荡不羁，美好得玩世不恭，开怀大笑的背后藏着对自己无法表里如一的愤怒。

而生活始终在冷眼看你，玩一种黑色幽默。

我不清楚男士间的战争是什么样子，女士间的大抵如此，她们在对方得意时狠狠地揭穿，就像揭穿自己，也会在对方失意时一声叹息，就像同情自己。

朋友中的一位，今年一月还在晒大溪地的旅行，年后在整个社交圈消失得无声无息，五月传出消息说她家资金链断裂，破产了，当事人不知所踪，其余人茶余饭后议论了一个月，终于渐渐平息。九月天气凉了，朋友们积极聚会张罗饭局，把临江的酒店都吃了个遍，唯独避开其中一家。大家路过时都不曾抬眼，步伐也要迈得更快一些，因为都记得那位失踪的朋友曾经热情地招呼大家去她朋友开的这家店。

一些记忆，也成了不能说的秘密。

所以，戴着假面冷嘲热讽地生活何尝不是美好的呢？

至少它还是喜剧。

有人说，我的朋友圈才不像这样，我们无比单纯，无比真诚，从未有无法企及的奢望和举步维艰的困境，我们既不羡慕也不炫耀，每天从早到晚都笑得开怀。

每个人在人生的某个时间段都会生活在天线宝宝的世界，我相信。

有一天，小学时的同学在长达十几年的失联后找到了我，我们通了电话，迅速互相通报"我的近况"，她说她还没有男朋友，有点着急，问我有没有可以介绍的。挂了电话后我立刻去四处搜罗认识的单身男生。

"那女生长相怎样呢？"男生最好奇的问题。

"白净，短发，瘦。堀北真希那一型。"这是我认真以为的。

晚上我的微信出现了新的朋友邀请，通过验证后我看见了她的相册。

啊。

她怎么长这样……

那些一同去校外上新概念英语、在地铁里打打闹闹、凑钱买烤串的日子与成年后的辛苦生活所形成的反差，让我在漫长的离别时惦记她，想念她，为她戴上一张假面——

白净、短发、瘦，很美很美。

感谢此时在我身边挑剔“你没有写出我婆婆的恶毒”“也没有写好我前任的渣”和“我的戏份为什么这么少？我能在续集做第一女主吗”而不愿透露姓名的无（hu）关（peng）人（gou）士（you），感谢我妈妈给我科普“夏秋”工作的行业，感谢无杀编辑在催稿前让我看完了世界杯。

**图书在版编目（CIP）数据**

假面 / 夏茗悠著. — 长沙：湖南文艺出版社，2015.1
ISBN 978-7-5404-7041-8

Ⅰ. ①假… Ⅱ. ①夏… Ⅲ. ①长篇小说－中国－当代
Ⅳ. ①I247.5

中国版本图书馆CIP数据核字（2014）第288332号



**建议上架：畅销·青春**

**假面**

**作　　者：**夏茗悠
**出 版 人：**刘清华
**责任编辑：**薛　健　刘诗哲
**整体监制：**陈　江　毛闽峰
**策划编辑：**钟慧峥
**营销编辑：**刘碧思　张　璐
**封面设计：**又　一
**版式设计：**张丽娜
**出版发行：**湖南文艺出版社
（长沙市雨花区东二环一段508号　邮编：410014）
**网　　址：**www.hnwy.net
**印　　刷：**北京鹏润伟业印刷有限公司
**经　　销：**新华书店
**开　　本：**787mm × 1092mm　1/32
**字　　数：**171千字
**印　　张：**8
**版　　次：**2015年1月第1版
**印　　次：**2020年1月第2次印刷
**书　　号：**ISBN 978-7-5404-7041-8
**定　　价：**32.00元
（若有质量问题，请致电质量监督电话：010-84409925）